LES TRACES

Collection littéraire dirigée par
MARTINE SAADA

Pascal Quignard, *Les Ombres errantes*
Pascal Quignard, *Sur le jadis*
Pascal Quignard, *Abîmes*
Michel Schneider, *Morts imaginaires*
Jacques Tournier, *A l'intérieur du chien*
Alain Veinstein, *La Partition*

DELPHINE COULIN

LES TRACES

roman

BERNARD GRASSET
PARIS

1

Elle était allongée là, si petite, si frêle, la bouche ouverte en un cri muet. Le gant rêche allait et venait sur sa peau parcheminée, et c'était le seul son dans le silence. Elle attendait que je finisse de lui laver les jambes, toutes maigres, toutes fripées, des bâtons sous la peau. On dit que ce sont les jambes qui vieillissent le moins chez une femme, mais il faut croire qu'il arrive un moment où tout est hors d'âge.

C'était un soir de fin d'été. La lumière avait commencé à baisser, le ciel était violet, et la mer était plate comme si les marées ne devaient plus jamais avoir cours. Il faisait encore lourd, la fenêtre fermée à l'espagnolette laissait entrer une moiteur salée. Les gens n'allaient même plus à la plage, ils s'en étaient lassés, ils attendaient la rentrée, achetaient les cartables que les grandes affiches quatre par trois leur vantaient le long des routes. Vite ! Bientôt l'école.

Je ne sais toujours pas pourquoi c'est ce soir-là que j'ai commencé. Peut-être à cause de la chaleur, ou d'une sensation de vide plus forte que d'habitude. J'ai trouvé que mes mains commençaient à ressembler à celles d'Alice, les articulations s'arrondissaient tandis que les phalanges se creusaient. Cela m'a remplie d'une inquiétude sourde, insistante. Le gant rêche allait et venait, le sang tapait et tapait dans mes veines comme il gonflait puis vidait mon cœur, vidait ma tête. Le souffle d'Alice, ténu, voilé, soulevait régulièrement sa poitrine tandis que je soupirais, essoufflée par la chaleur et l'effort.

Je savais que j'aurais dû continuer la conversation, parler de la voisine par exemple, madame Canard, ça l'aurait fait rire, ils avaient emménagé voilà bientôt six mois et pourtant ça faisait toujours rire Alice, Tiens, monsieur et madame Canard vont se baigner. Je savais que je devais à tout prix avoir le courage de faire semblant, badiner. Cela faisait partie de mon travail, de parler d'autre chose en nettoyant un corps ou une plaie, quand je travaillais en hôpital il m'était même arrivé de laver un mort en regardant les clips sur la télé de la chambre. Faire deux choses en même temps, cela permet de penser ni à l'une, ni à l'autre. J'y étais habituée, et après tout, c'était ma fonction, mon métier, mon rôle : j'étais une dame de compagnie.

Dame de compagnie, comme on le dit d'un chien.

Mais je n'avais rien à dire. On était au mois d'août de ma trente-neuvième année. Il faisait chaud, le silence était lourd, ses jambes étaient légères et fines et terrifiantes à la fois. Elle attendait, toute douce, toute propre, effrayante sans le savoir, et moi j'avais la tête vide.

— Ce serait pas l'heure, Alice ?
— De mon jeu ?
— Oui.

D'un geste, le bras tendu, volontaire, j'ai allumé la télévision. Aussitôt une musique clinquante a hurlé dans la pièce, Sauvée, le jeu des questions allait commencer. Elle ne voyait plus la télévision, elle l'écoutait seulement, mais elle avait, selon elle, *une bonne mémoire et une excellente culture,* et continuait à suivre ce genre d'émissions.

La caméra dessinait un large mouvement surplombant un public en délire. Les visages éclairés de bleu souriaient, les mains battaient frénétiquement.

L'Animateur arrivait en courant, radieux, et criait :

— Place au...

— JEU !

Tout le monde avait hurlé en même temps, Alice comprise.

Gisèle, secrétaire médicale à Nice, Michel, représentant de commerce en Meurthe-et-Moselle, et Simone, ancien professeur de lettres classiques à la retraite, habitant la ville de Rezé, s'affrontaient ; leurs voix résonnaient dans la chambre d'Alice, et les mots débités à toute vitesse semblaient venus d'un autre monde. Les yeux au plafond et la main sur l'oreille, allongée dans son lit, elle tentait de suivre les questions et les réponses qui se succédaient à un rythme infernal.

— Attention-moment-crucial-dans-ce-jeu c'est-la-classification-pour-le-face-à-face-de-la-soirée-top question-top Dans-une-volaille-comment-appelle-t-on-le-petit-morceau-de-chair-très-fine-

Tous trépignaient, appuyant comme des malades sur leurs boutons-poussoirs, et moi top je continuais d'appliquer lentement la crème hydratante sur les tibias décharnés d'Alice, qui semblait hypnotisée par l'Animateur.

Ding dong,

— le sot-l'y-laisse !

— le-sot-l'y-laisse-Gisèle-s'échappe-attention-les-autres ! Effectivement-dans-une-volaille-comment-appelle-t-on-le-petit-morceau-de-chair-très-fine-qui-se-trouve-de-chaque-côté-de-la-carcasse-le-sot-l'y-laisse-et-pourquoi-l'appelle-t-on-comme-ça

Ah oui, le sot-l'y-laisse, disait Alice un peu tard et assez doucement, tandis que Simone, l'air contrit, expliquait à l'Animateur à quel point ces petits morceaux de chair fine étaient délicieux.

— Trois-points-trois-zéro-chaque-réponse-est-désormais-capitale attention-top-quel-segment-de-la-colonne-vertébrale-est-formé-de-plusieurs-vertèbres-atrophiées

— le coccyx !

La secrétaire médicale était prête à marcher sur les autres s'il le fallait mais elle gagnerait. Son petit-fils, dans le public, était debout tellement l'enjeu était important. J'ai remis le drap sur les jambes d'Alice

— Oh oui ! Oh oui-Gisèle-c'est gagné !

Alice a dit :

— Simone est meilleure, mais...

— Faut pas être cardiaque pour faire ce jeu, disait opportunément l'Animateur.

Tout le monde applaudissait Simone avec admiration, Alice était ravie, les candidates avaient sa préférence, surtout si elles étaient professeurs comme elle l'avait été, Vous-avez-le-choix-entre-la-fête-au-cinéma-les-villes-d'altitude-Jacques-Prévert-et-les-diplomates-dans-l'histoire, disait l'Animateur tandis que j'embrassais Alice pour lui souhaiter bonne nuit.

Il était plus tôt que d'habitude. Le réveil de la cuisine marquait 18 h 45. Trop tard pour aller dans les magasins, j'ai chuchoté à moi-même, et trop tôt pour rentrer. Pourtant j'avais tout fait comme d'habitude. J'ai traîné les pieds en allant vers la porte d'entrée. Au moment où j'ai vu ma main sur la poignée, j'ai hésité, et puis je suis revenue sur mes pas, tout doucement, même si je savais qu'elle était dure d'oreille. J'ai repassé l'éponge sur le plan de travail de la cuisine, la gazinière, la table, machinalement, un peu comme une chorégraphie dans cette cuisine qui n'était pas la mienne, j'ai effleuré les surfaces lisses, trop lisses, en regardant mes mains qui vieillissaient.

18 h 55. J'avais réussi à tuer dix minutes. Faire le ménage m'avait apaisée. Je suis sortie dans le couloir,

en passant devant la porte de sa chambre j'ai vu la lumière jaune filtrer, elle avait déjà éteint la télévision et allumé sa lampe de chevet. Je l'entendais parler toute seule, inviter ses souvenirs dans son lit.

La rambarde de bois était là; fidèle, elle guidait Alice tout au long des murs depuis qu'elle ne voyait plus assez clair pour se diriger toute seule. J'ai fermé les yeux pour voir comment ça faisait, j'ai tendu la main devant moi pour attraper le bois, c'était difficile, je me suis cogné le genou dans le chambranle de la porte. Il ne fallait pas qu'elle m'entende, un jour des cambrioleurs étaient entrés dans la maison et lui avaient volé son vin à la cave, et depuis, elle ne le disait pas mais elle avait peur, je le savais. Sa fille avait fait mettre un système d'alarme dehors, une lampe qui m'éblouissait dès que je passais devant le portail pour partir le soir. Il y avait de plus en plus d'alarmes partout, même une petite ville comme la nôtre où il ne se passait rien était bardée de caméras invisibles, et de sirènes sur les voitures qui pouvaient empêcher tout un quartier de dormir les nuits où les chats étaient en chaleur. Derrière nos portes fermées à double tour, nous attendions que les nuits passent.

J'ai refermé les yeux. Cela faisait longtemps que je me demandais si son incapacité à s'orienter dans la maison qu'elle habitait depuis plus de trente ans était due à sa mauvaise vue, ou si elle commençait à perdre la tête. Je me suis avancée dans le couloir avec précaution, à tâtons, les yeux clos. Drôle de partie de colin-maillard. Comme elle, j'ai titubé le long des portes de la salle de bains et des toilettes, puis je me suis accrochée des deux mains au placard en lambris et j'ai avancé en crabe. J'ai reconnu la ficelle en papier-cadeau que j'avais accrochée à la poignée de la porte des toilettes pour l'aider à se situer, puis les petits croisillons des verres cathédrale de la porte du salon – un tourbillon de papier et les aspérités d'un carreau comme points de repère. Aller de la salle de bains à la cuisine devenait une épreuve où il était possible de se perdre dans un recoin du couloir.

En entrant dans la grande salle plongée dans le noir, j'ai ouvert les yeux. Dans la pénombre, je ne distinguais que la table en marqueterie, recouverte d'une plaque de verre qui luisait en attente de convives qui ne viendraient plus. Je n'avais fait que traverser cette pièce une ou deux fois. De cette immense maison, je ne connaissais vraiment que la cuisine, les toilettes et la chambre, les pièces qui correspondaient aux fonctions vitales d'Alice. Ici, il y avait dans le même espace une salle à manger, un bureau, un salon. Au fond, un épais rideau séparait la salle d'un jardin d'hiver, à travers lequel les bruits du dehors ne pénétraient pas. Je l'ai fait coulisser pour laisser entrer un peu de lumière, mes pantoufles glissaient sur le marbre lisse et rose, je me suis avancée à l'intérieur de la pièce comme dans les méandres de mon cerveau.

Dans la partie gauche du grand buffet, il y avait des verres rouges décorés de vermeil, des piles d'assiettes, des couteaux. J'en ai sorti un de l'étui, pour mieux le voir. Il était en argent. J'ai fait glisser la lame sur le gras de mon pouce, elle coupait encore bien. Je l'ai glissé dans ma poche.

J'imaginais les petites-filles d'Alice prendre les poignées de couverts dans leurs mains minuscules et les amener avec précaution jusqu'à la table pendant que leur grande sœur les disposait déjà. J'entendais les voix des femmes dans la cuisine, leurs mains qui s'activaient autour du melon au porto, leurs silhouettes qui se frottaient aux hanches en attrapant un torchon, le verre qu'on casse en le rinçant et les cris d'Alice, chef de tribu et garante du service en cristal.

Je revoyais, chez moi, le gigot, les haricots, la sauce à part, le pain passé dans le plat du four juste pour moi, le petit billet sorti par une aïeule du porte-monnaie en cuir et à boucle à clapet tenu au creux d'une main raide, Tiens ma crotte, j'avais horreur qu'elle m'appelle comme ça et en même temps je ne disais rien pour rester polie. Les hommes dans les fauteuils en face parlaient de leur travail en se regorgeant comme des coqs, et en piquant de temps en temps des mini-brochettes de pruneaux et de fromages plantés sur des cure-dents. Je revoyais les places à table, maman près de la porte de la cuisine, papa à l'autre bout, moi au milieu, papi et mamie en face, et puis parfois les cousins, les oncles. Tu peux pas t'asseoir comme il faut, Laisse-la tranquille, c'est rien, je vais éponger, et ma petite voix à l'intérieur qui racontait des histoires pour tromper mon ennui. Mes randonnées sous la table, où il se passait toujours quelque chose, le léger coup de pied de maman à papa parce qu'il venait de jurer sans faire attention, Hélène caressant de la pointe du sien l'entrejambe de l'oncle Yves : derrière les pans de nappe et entre les pieds en bois, il y avait un monde à moi, un drôle de monde de marionnettes à l'envers.

Dans une boîte à pilules sur une étagère, j'ai trouvé une bague. C'était étrange de la mettre ici. Alice l'avait peut-être oubliée là la dernière fois où elle l'avait mise pour sortir, le dernier jour de sa jeunesse. La pierre rouge brillait de reflets sombres. Elle devait représenter un moment important de sa vie. Sûrement son mari qui la lui avait offerte. Antoine. Elle m'avait raconté cent fois comment ils s'étaient rencontrés, leurs vacances à l'étranger, ses manies de découper les coquilles dans les journaux, ses yeux bleus à fleur de peau, son bon caractère. Quand Alice parlait de la gentillesse de son mari et que sa fille était là, je la voyais lever les yeux au ciel en signe d'agacement. Alice devait enjoliver. Ils le faisaient tous. Ils arrangeaient leurs vies à leur manière, sans doute pour qu'elles soient plus faciles à quitter. Je le savais depuis longtemps, j'étais le réceptacle de leurs mémoires idéales, celles qu'ils auraient voulu vivre, celles qu'ils souhaitaient voir leur survivre. Je prenais mon rôle au sérieux, les seules vies supportables sont celles que l'on s'invente.

J'ai eu le sentiment qu'on regardait par-dessus mon épaule, je l'ai remise en place, dans la petite boîte laquée. De toutes façons elle était trop grande pour moi.

A droite, au milieu du linge qui avait dû un jour constituer son trousseau, une boule de porcelaine contenait de la lavande qui ne sentait plus rien depuis bien longtemps. Je suis sortie dans le jardin par la porte de derrière. Il était en désordre. Le mari d'Alice s'était échiné à l'entretenir, il n'aimait pas ça, mais elle l'obligeait à le faire, « pour que ce soit propre », ils s'étaient disputés maintes et maintes fois à ce sujet, sa fille me l'avait dit. Maintenant qu'il était mort, elle faisait venir des ouvriers deux fois par an pour travailler le jardin. Plus personne n'en profitait. La lavande était sèche, mais il en restait sur les tiges. J'en ai coupé quelques-unes avec le couteau, puis je les ai égrainées entre mes doigts, les petits pétales mauves étaient complètement fanés mais ils sentaient encore en s'effritant. Odeur douce, poussière grise. J'en ai rempli la boule en porcelaine. J'ai mis le couteau à sa place, et la lavande au cœur du linge qu'on ne sortirait plus avant la mort d'Alice. Le placard ne sentirait plus le renfermé. Le salon se remettait à vivre. J'orchestrais cette renaissance.

Je me suis assise sur une des huit chaises qui entouraient la table marquetée, et je suis restée là, quelques instants, lasse tout à coup, et puis un peu mal à l'aise de ne rien faire.

Je connaissais Alice par cœur. Je connaissais ses mains sur le bout des ongles, à force de les vernir. Les mains d'Alice ressemblaient à des serres, elles s'étaient comme figées dans le geste de saisir, c'étaient les mains d'une glaneuse, d'une attrapeuse de vie. Des mains de femme, qui avaient un creux presque mauve entre le pouce et l'index à force d'avoir plié, lacé, tressé, caressé, cousu. Les ongles s'étaient épaissis, mais ils ne poussaient plus beaucoup, ils s'élargissaient au lieu de s'allonger, ceux des deux pouces étaient même faits de plusieurs couches superposées. Alice était coquette, et elle voulait que je continue à lui vernir les ongles d'un léger rose nacré. Pourtant, elle ne voyait plus, et elle ne voulait plus qu'on vienne la voir. Elle avait honte, elle avait peur de trébucher devant les gens, elle ne voulait pas qu'on dise au-dehors qu'elle était « diminuée », elle préférait rester seule, à effleurer du bout des doigts ses ongles faits et lisses. Elle se massait les articulations des doigts, l'une après l'autre, doucement elle les faisait rouler pour tenter de les assouplir, et puis elle finissait en visitant chacun de ses ongles, l'air satisfait.

Les mains de mes autres patients résumaient aussi leurs vies oubliées, comme les rides dessinent la carte d'une vie sur un visage. Les mains d'Hugo, par exemple, étaient à la fois puissantes et fines ; à son annulaire, il avait deux alliances : celle de sa femme et la sienne. D'ordinaire c'étaient les veuves qui faisaient cela, mais ses doigts étaient si fins qu'il avait pu conserver les deux anneaux à la main gauche. Ses mains étaient blanches et soignées, des mains de médecin. Souvent je pensais aux centaines de corps qu'elles avaient dû palper pour trouver un diagnostic. Elles étaient pleines des souvenirs des malades et des guéris, des vivants et des morts, de ceux qui l'avaient écouté et qui avaient eu raison, et de ceux qui ne lui avaient pas obéi, à tort. Ce n'est que lorsque je l'installais dans son fauteuil en arrivant le matin que je sentais la corne, bien cachée, qui s'était formée au creux de ses mains à force de pousser les roues grises de sa chaise roulante. Hugo tournoyait dans sa maison du bout du monde comme les jeunes des cités font des rodéos de voitures : à se donner le tournis, à danser sur place parce qu'on ne peut pas aller ailleurs. Hugo était un enragé, mais un enragé nonagénaire. Sa seule possibilité d'agir sur le monde, c'était de gueuler tout seul et d'écrire aux journaux – pour un oui, pour un rien, pour montrer qu'il existait encore.

Il n'y avait plus que moi pour toucher ces mains-là. Celles de Rose aussi, aux doigts de jeune fille, des mains petites et potelées, pétries d'arthrite, qui avaient encore la force de faire des pâtes à tarte et essorer le linge dehors, des mains tavelées de petites taches brunes qu'elle appelait les fleurs de la mort, les fleurs de la mort, c'est joli et c'est triste à la fois.

Et puis celles d'Anne-Louise, qui farfouillaient en permanence dans son sac à main, à la recherche d'elle ne savait plus quoi.

Je faisais partie d'une ronde de vieilles personnes qui ne pouvaient plus s'occuper d'elles-mêmes, une ronde qui m'imprimait le rythme de mes horaires et de mes jours. Les cahiers au feu, la maîtresse au milieu.

L'horloge vieillotte et ridicule comptait des heures inutiles. Je passais ma vie avec mes vieillards. Je dépensais mon temps pour d'autres, qui n'utilisaient pas leur temps non plus. Tout était bien réglé, je n'avais pas à réfléchir, je filais d'un vieillard à l'autre, le soir, je rentrais chez moi et je regardais la télévision, le week-end je voyais des amis, je me lâchais un peu. Mais je commençais à en avoir assez, d'être dévouée et compatissante. C'était la rancœur, qui vidait ma tête. Je comblerais ce vide d'une manière ou d'une autre, au détriment de mes vieillards s'il le fallait.

Les tuyaux de la maison ont craqué. Je n'étais pas tranquille. Ce n'était pas chez moi.

2

J'habitais au bord de la mer, dans une résidence où la plupart des studios n'étaient loués que l'été. Neuf mois par an, l'immeuble était quasiment vide, les volets étaient fermés. Il en résultait une ambiance de mi-saison toute l'année, une impression d'éphémère. Juste à côté, une maison cossue du début du siècle dernier, qui avait réussi à échapper aux bombardements de la dernière guerre, semblait ignorer ce voisinage médiocre, fruit du tourisme de masse et de l'architecture bon marché, et regarder bien en face la vue magnifique, immémoriale, sur la baie découpée de rochers noirs et échancrés. C'était à chaque fois une surprise de descendre les trois vilains étages et de se retrouver face à ce paysage immense, absolu, avec juste la petite île en face pour en casser l'horizontalité. Effectivement, tout ce qu'il y avait à retenir de ce lieu, c'était « Le Beau Rivage ». Un jour, le « i » de rivage s'était décroché, et il penchait désormais, douloureusement, au bord de la rupture et du ravage.

Parfois en semaine, j'allais boire un café à l'une des trois terrasses de ce qu'on appelait ici « La Croisette », sans ironie. Cette promenade-là ne faisait que deux cents mètres de long, mais elle réunissait chaque dimanche de l'année, et tous les jours de l'été, des familles entières qui venaient y prendre un verre, se montrer, et voir leurs congénères, les autres familles, pour alimenter leurs conversations. En hiver, la croisette se transformait en podium où l'on voyait défiler les manteaux de fourrure. En été, les jeunes filles sortaient leurs jambes, montrant au monde entier qu'elles étaient prêtes à prendre le relais de leurs mères – et qu'elles commençaient à avoir elles aussi envie d'un manteau de fourrure pour l'hiver d'après, ou le suivant. En toute saison, les enfants piaillaient, leurs parents leur criaient dessus puis levaient les yeux au ciel comme pour eux-mêmes, alors que toute cette comédie n'était au fond destinée qu'aux autres parents. J'évitais d'aller boire un café les après-midi d'été et les dimanches.

Les deux cafés et la pizzeria qui bordaient la plage occupaient trois des rez-de-chaussée des petits immeubles de ma résidence. Le quatrième local était loué par un photographe dont la vitrine prouvait l'imagination sans limites. Un jeune marié se tenait à genoux devant son épouse installée sur le capot de leur voiture flambant neuve – ou du véhicule massif loué pour l'occasion, qu'ils rêveraient toute leur vie d'acquérir un jour. Un couple d'une cinquantaine d'années s'embrassait chastement devant un champ de blé mûr. Une jeune mariée mouillait sa robe au bord des rochers et des vagues, et son placard à vêtements sentirait le sel de mer à jamais. Ils ressemblaient tous plus ou moins aux figurines de plastique que l'on colle en haut des pièces montées, et qui finissent toujours par tomber dans la crème avec un sourire niais. J'admirais le kitsch des photos, la luxuriance des robes, l'air naïf des mariés. C'était pour moi une des joies du quartier, et quand Paul, mon meilleur ami, venait me voir, on ricanait toujours quelques minutes devant les couples mal assortis exposés en vitrine. Paul étant homo et moi célibataire approchant de la quarantaine, la pression de notre entourage était suffisamment forte pour que nous nous permettions cette infime vengeance.

La plupart des volets de la résidence étaient baissés depuis quelques jours. La mer commençait à se refroidir, il y avait moins de monde dans l'eau, et la plage ne résonnait plus comme au mois d'août. Les gens repartaient vers des villes plus bruyantes, plus animées, plus vivantes. Je ne le disais à personne, mais parfois je les enviais.

Quand je suis arrivée chez moi, une nouvelle journée était passée. Il était plus de vingt heures, le journal était déjà commencé. Tout en écoutant les nouvelles, j'ai ôté ma veste, attrapé une assiette, saisi dans le frigo la marmite où surnageait un reste de grondin, dont l'œil dirigé vers moi était figé dans la sauce, ouvert un sac de salade, mis quelques feuilles à côté de la petite carcasse rose, et je me suis assise sur le canapé face à la télévision.

Des gens venus du bout du monde étaient accueillis à Calais par un homme en complet gris qui promettait de nouveaux contrôles anti-clandestins le long de l'Atlantique, ce même océan que j'entendais rugir dehors sous le vent qui faisait crier les fils téléphoniques, tandis que je grappillais des feuilles de salade dans l'assiette posée sur mes genoux.

Suivait une émission absurde où des gens affirmaient qu'ils avaient le choix mais ne faisaient que prouver le contraire, où chacun venait montrer avec fierté qu'il était singulier, comme si c'était encore possible. Nous avons le... CHOIX ! Des femmes changeaient de look pour contenter leur mari, des mères venaient sur le plateau sans savoir qu'elles allaient être transformées en punks par leurs enfants et être la risée du public pendant cinq bonnes minutes. Le quart d'heure de gloire d'Andy Warhol devenait une humiliation télévisuelle qu'elles devaient avaler en souriant si elles ne voulaient pas, en plus, apparaître comme des mégères. Nous avons le... CHOIX ! La télévision était un laboratoire géant d'expérimentation sur les réactions nerveuses des humains. Le public s'en repaissait, et applaudissait ou huait, mais toujours en chœur, avec un bel ensemble. Je me moquais d'eux. Quand ils riaient trop et que je ne comprenais plus pourquoi, j'allais faire ma vaisselle ou compter mes médicaments pour le lendemain.

Chez moi, j'avais une batterie complète de médicaments roses, verts, jaunes, pour le cœur et contre la cataracte, la dépression, la cystite et la constipation, et puis des vitamines, des oligo-éléments, et des somnifères pour avoir des rêves en trois dimensions, ceux où on est à la fois spectateur de cinéma et héros du film. Je devais tout le temps penser à tout pour tout le monde. Préparer les petits comprimés et renouveler les ordonnances en faisait partie. Chaque soir je m'installais au bar de ma cuisine américaine en contreplaqué et je comptais, je triais, j'emballais les cachets dans des petits sacs plastique marqués à leurs noms. Parfois ils ne voulaient plus les avaler, et j'étais obligée de ruser, par exemple d'ouvrir les gélules et d'en étaler le contenu sur leurs tartines, entre le beurre et la confiture.

Ce soir-là, dans mon salon, tandis que je comptais mes pilules, une mère de famille déclarait qu'elle n'en pouvait plus de voir son mari, le soir, dans son vieux pyjama, et elle montrait le pyjama en question et il était en effet peu ragoûtant, Mon chéri je voudrais que tu mettes ce pyjama à la poubelle, et le public applaudissait à tout rompre, et le mari, qui était venu sans savoir ce qui l'attendait (il croyait venir assister au changement de coiffure de sa femme), était en colère mais il prenait un air contrit, puis ses deux filles aînées venaient en rajouter, et le public se pinçait le nez, et il avait honte, honte, et l'animatrice trouvait cela très drôle, on emmenait le père pour qu'il revienne en pyjama propre et *sexy*, comme si c'était possible pour cet homme qui aurait pu être mon boucher, Nous avons le... CHOIX !, et il revenait en pyjama neuf et la seule que je comprenais, moi, c'était la petite fille de quatre ans qui, découvrant son père sur la scène en pyjama rayé, se mettait à pleurer, perdue, sonnée, devant son père qu'elle ne reconnaissait pas, son père humilié publiquement par sa mère qui la prenait dans ses bras pour s'en servir de bouclier, sous les lumières.

J'ai regardé les médicaments étalés devant moi, et j'ai déchiffré les notices, avec leurs étranges effets secondaires, troubles du sommeil, céphalées, dépendance. Puis je les ai regroupés par couleurs, l'idée ne m'était jamais venue avant, j'ai commencé à les arranger sur le comptoir de ma cuisine américaine bon marché, mais un gros plan sur la petite fille m'a arrêtée. Je la regardais, interdite, essayant de comprendre ces gens qui s'agitaient sur le décor jaune, l'homme est bien le seul animal qui aime se regarder à ce point-là, je me disais, et on est passé à un autre sujet, aussi insipide, mais avant, la pub montrait un monde à rêver qui n'existait pas, sans doute pour payer les reportages sur un monde à débattre, qui n'existait pas vraiment non plus. De jeunes femmes un peu plus jeunes et belles que moi sont venues s'interposer à ces gens un peu plus laids que moi pour faire miroiter leurs cheveux, alors j'ai ramassé les pilules que j'avais mélangées, et j'ai refait mes petits tas de médicaments, sérieusement, avant de les fourrer dans leurs petits sacs plastique, et j'ai continué à les regarder, ceux à qui je ne voulais ressembler pour rien au monde, sans bien savoir à quoi je voulais ressembler – je les regardais, éberluée, en attendant que le sommeil vienne me prendre.

3

— Qui êtes-vous ?

— Allons, Anne-Louise, vous le savez bien. Faites un effort.

Elle avait l'air paniqué, elle tentait de se souvenir mais n'y arrivait pas et s'essoufflait dans cette lutte contre elle-même – son souffle était entrecoupé de ruptures, comme des appels d'air :

— Et non – je ne sais plus.

— C'est moi, Claire. Chaque jour je viens m'occuper de vous.

— Et pourquoi ne m'a-t-on rien dit ?

— Vous avez oublié, c'est tout. Ça va vous revenir, calmez-vous.

— C'est incroyable, on prend des – décisions pour moi, et je suis toujours la dernière avertie. Avouez que c'est quand même un monde !...

Ses chaussons de feutre traînaient sur le carrelage comme si elle n'avait plus le courage de lever les pieds. Anne-Louise a encore oublié, Anne-Louise oubliait tout, même moi. Et je ne pouvais même pas lui en vouloir. Sa petite voix douce et chuchotante contrastait avec sa silhouette assez forte et son visage lourd. On aurait dit qu'elle confiait des secrets. Peut-être en confiait-elle, d'ailleurs, ceux qu'elle avait enfouis au creux de sa mémoire et qui n'émergeraient jamais plus.

Elle me suivait vers la cuisine, sac à main sous l'aisselle, à quinze centimètres derrière moi. Je sentais son haleine de vieille dame.

— Et comment êtes-vous entrée ici ?
— J'ai la clé, regardez.

Elle a examiné ma main d'un air méfiant. J'ai posé les courses sur la table de la cuisine. Voyant les victuailles, elle a commencé à se détendre, et c'est entre haut et bas qu'elle a dit On me met toujours devant le – fait accompli, et je ne devrais rien dire, sans doute, mais elle ne croyait déjà plus trop ce qu'elle disait, elle devait avoir faim. Dès qu'elle commençait à manger, elle se calmait et retrouvait une lucidité passagère. Son anxiété était moins forte que sa gourmandise. La mienne augmentait, je savais qu'un de ces jours, même au dessert, sa mémoire ne lui reviendrait plus. Au cours des huit ans passés à m'occuper d'Anne-Louise, je l'avais vue décliner, et paniquer en s'en apercevant.

L'autre jour encore elle m'a dit :

— Qu'est-ce qu'ils vont faire de moi ?

et comme je n'étais pas sûre de bien comprendre, elle a ajouté .

— Il y a quelque chose que je perds peu à peu. Et quand je l'aurai perdu totalement je serai une ombre, et ils se – débarrasseront de moi. Le rêve sera fini.

— Vous savez comment s'appelle cette chose, Anne-Louise ?

— Quoi donc ?

— Ce que vous perdez...

Elle m'a regardée d'un air perplexe. Elle ne trouvait pas le mot. Et le temps qu'elle le cherche, elle ne savait déjà plus ce qu'elle avait voulu dire. Et moi non plus, d'ailleurs. Parfois je mettais derrière ses phrases des intentions qui n'y étaient probablement pas.

Après le repas, elle discutait un peu, et puis elle demandait que je lui lise le journal, *Bush et l'Axe du Mal*, *Le PS se soude*, elle sortait très peu, mais elle voulait connaître les nouvelles du monde, même s'il lui était devenu complètement étranger et qu'elle ne pourrait plus agir pour y changer quoi que ce soit. Elle aimait surtout la météo, les recettes de cuisine, et les faits divers, elle était friande de détails, elle voulait comprendre, c'étaient les seuls moments où elle arrivait à raisonner. *Les supplices de la chair*, *Vache folle pour chiens*, *Collision sur la RN 165*, *Une barre de HLM démolie à l'explosif...* Elle y allait de ses commentaires, puis c'étaient des onomatopées, Mm-mm, Ha !, sa langue sortait de temps en temps, ou alors elle mâchait ses lèvres en m'écoutant, et peu à peu son attention mollissait, *Six mois fermes pour le « braco » exterminateur de chamois,* sa tête se penchait en arrière, sa bouche s'entrouvrait, *Près d'un kilo de cocaïne dans le corps,* et je ne savais plus si elle écoutait ou si elle dormait. Dans une cuisine aménagée, assise sur une chaise en bois, je lisais tout haut comment une jeune fille s'était fait étrangler dans le quartier du Bois d'amour, ou comment un fou avait menacé un tenancier de bar-tabac au couteau, devant une vieille dame à la mise en plis impeccable qui s'endormait paisiblement, les mains sur son ventre repu.

L'anticyclone des Açores veillerait sur nous trois jours encore. Elle respirait lentement. J'ai replié le journal, *Le policier violeur trahi par sa semence,* et je suis restée contempler pour la millième fois la tapisserie orange, où volaient les dessins des épices et leurs légendes, *thym, romarin, laurier.* Je devais attendre l'arrivée de ma collègue Le Hanff. Nous nous relayions elle et moi en permanence auprès d'Anne-Louise, qui n'était jamais seule.

Ses rêves étaient peut-être aussi incohérents que sa réalité, ou bien, au contraire, la seule Anne-Louise encore logique était celle qui vivait pendant son sommeil : une Anne-Louise dans une autre dimension, parfaitement lucide et raisonnable, effectuant tous les petits gestes de tous les jours qui prouvent que vous êtes comme les autres et que vous pouvez très bien vous occuper toute seule. *Sauge, menthe, coriandre, romarin.* Ou alors c'était la même Anne-Louise, mais qui vivait dans un monde aussi incohérent qu'elle, où tous ses actes et toutes ses phrases qui m'étaient insaisissables étaient compris par tout le monde. Peut-être des centaines d'Anne-Louise vivaient-elles en ce moment les cent versions de sa vie, et je n'en voyais qu'une, tandis que les cent autres façons d'être moi vivaient les cent autres versions de ma vie. Si cent versions de la mienne étaient possibles.

Une semaine était passée depuis ma visite dans la maison d'Alice. Je n'avais cessé d'y penser, j'avais envie de revenir dans le clair-obscur du salon, et puis peut-être d'aller à l'étage voir les chambres où personne ne dormait plus. Je n'avais pas osé. Je n'avais jamais profité de mes vieillards, je ne leur avais jamais volé quoi que ce soit, et pourtant j'aurais pu, plusieurs fois. Tout juste leur avais-je menti un peu, parfois, parce que je n'avais pas pu m'en empêcher, plutôt pour ne pas les blesser, jamais à mon avantage.

D'ailleurs cela n'avait causé aucun dommage à Alice, elle ne s'en était même pas aperçue.

Je m'installerais tranquillement dans une des chambres, dans le silence de sa maison solide, aux murs épais. Encore faudrait-il que j'arrive à la convaincre d'aller se coucher. Le mardi, je restais chez elle un peu plus longtemps que les autres jours, je n'arrivais pas à partir, elle savait que je m'étais occupée des autres avant elle et que j'avais toute ma soirée devant moi. Elle me tenait la jambe, trouvait maints prétextes, des urgences, pour que je reste un peu plus. Je savais qu'elle espérait secrètement qu'un ou deux de mes patients meurent pour m'employer davantage, elle le disait souvent, et presque sans honte, « quand la dame qui a Alzheimer ne sera plus là, tu feras plus d'heures chez moi ». Elle me demandait souvent des nouvelles d'Anne-Louise.

J'étais contente, pour une fois, de voir arriver Isabelle Le Hanff. C'était vraiment une bonne femme, une de ces grosses dondons qui ne sont jamais à l'aise avec les vieux et leur parlent avec une jovialité calculée, comme s'ils étaient des enfants – avec lesquels elles ne sont pas à l'aise non plus – et puis qui régentent tout, les vies des vieillards comme celles des enfants, avec cependant un petit air de s'excuser en plus pour les vieux. La grosse Le Hanff incarnait la prudence et la précaution, le bavardage sans queue ni tête, les habitudes, les soucis et le petit confort, tout ce qui est haïssable, et je comprenais Hugo qui ne l'aimait pas et ne voulait plus qu'elle s'occupe de lui.

Elle est enfin arrivée, essoufflée, elle avait mis du rouge à lèvres, elle devait être allée en ville, elle était sur le point de me raconter tout ça, mais j'ai filé sans faire la causette.

Dans la chambre d'Alice, la télévision criait, j'ai attrapé la télécommande – qu'elle appelait la *lisse* à un moment où elle avait commencé à perdre ses mots, sa fille et moi s'y étions mises, elle disait *donnez-moi la lisse* et on la lui donnait, c'était aussi simple que ça, un peu comme une langue étrangère, pourquoi la *lisse* allez savoir – et j'ai baissé le volume pour qu'elle m'entende arriver. Son visage était tendu vers le plafond comme si elle essayait de saisir au vol les questions de l'Animateur.

— Alice, c'est moi, je suis un peu tard aujourd'hui,

mais elle avait déjà augmenté le volume à nouveau,

— Attention-Véronique Huguette-a-creusé-l'écart-Chronomètre ! Je-suis-un-arbre-de-la-famille-des-oléacées-poussant-dans-les-pays-chauds-j'étais-considéré

— L'OLIVIER !

Alice a braillé, j'ai sursauté. L'infirmière qui venait à deux heures lui prendre sa tension chaque jour n'avait même pas vidé son monte-au-banc. Ellc était restée confinée dans cette terrible odeur à cause d'une négligence ou d'une fainéantise. En versant le contenu dans les toilettes, j'ai réprimé un haut-le-cœur. L'odeur, on ne s'y habituait pas.

— Enfin-Véronique-que-s'est-il-passé-C'était-l'olivier-bien-sûr !

Alice, triomphante :

— Ha, qu'est-ce que je t'avais dit ?

je revenais en courant de la salle de bains, le seau rincé dans la main

— Huguette-est-à-deux-points-du-bonheur ! Plus-que-trente-secondes !

J'ai soutenu son dos pour qu'elle se mette assise dans son lit. Un corps aussi frêle pouvait être lourd à lever, après une matinée d'ankylose. Je sentais ses os sous la peau. Elle s'est glissée assise le long du lit jusqu'au montant, puis elle s'est mise debout, avec peine, en s'accrochant à la poignée de l'armoire. Elle était pliée en deux. Elle était enjouée, grâce au jeu. La télé continuait de gueuler tandis qu'elle s'en éloignait. Je me suis mise à genoux par terre pour lui enfiler ses chaussons. Elle essayait de m'aider comme elle pouvait, de sentir du bout des pieds les chaussons qu'elle ne distinguait pas à travers le voile de sa kératite et de ses cataractes.

— La manche est dans le cou, là, Alice...

— Attention-Top ! question-cinéma-Pour-quel-film-Roberto-Benigni-a-t-il-obtenu

Elle n'avait pas entendu la question, ou ne connaissait pas la réponse. Prise au jeu, j'ai dit *La vie est belle* entre mes dents. Alice n'a rien répondu, je l'ai aidée à sortir de la chambre en suivant la rampe de bois.

— Et-c'est-gagné-Huguette ! Quel-bonheur...

J'étais obligée de rester avec elle aux toilettes, puis de la soutenir du côté gauche tandis qu'elle s'accrochait au mur de son bras droit. J'ai soulevé sa chemise de nuit à fleurs. Son ventre relâché formait un pli qui le faisait ressembler à un visage rond, peut-être mandchou, qui ferait la moue – sous l'effort, sa respiration semblait gonfler les joues de la face blanche et molle, de part et d'autre du nombril. Son sexe était tout déplumé. Elle continuait à papoter, à me raconter le jeu télévisé, en attendant que l'envie vienne, peut-être pour faire diversion, ou par pudeur.

Une fois assise dans la cuisine, bien calée contre la table, Alice avait toujours des tonnes de choses à me raconter, la glace qu'on vendait dans les charrettes à bras, ses copines d'enfance, sa cousine Lili, son mari, ses maisons, ses collègues de l'école où elle avait enseigné quarante ans. Régulièrement, elle ponctuait ses phrases de commentaires dégagés sur la probabilité de telle ou telle personne à être encore vivante, Elle est sûrement morte, elle était plus vieille que moi, Elle était ja-louse, mais ça fait longtemps qu'elle ne l'est plus, Ses os ne lui font plus mal, à cette garce ! Celui-là, à l'heure qu'il est, il doit bouffer les pissenlits par la racine... Elle parlait aussi parfois des vivants, mais leur nombre s'amenuisait au fil de ses anniversaires. J'en étais venue à connaître toute sa famille, à rire avec elle de leurs travers et de leurs habitudes, à haïr la tante Elisabeth, Elisa-bête-comme-ses-pieds, que je n'avais jamais vue. Je lui faisais la lecture, aussi, de temps en temps, puisqu'elle ne pouvait plus lire seule. Des livres où les personnages principaux étaient souvent des enfants, elle disait J'aime bien les histoires de gosses, même quand c'est triste comme cette histoire d'enfant-soldat en Afrique.

Les premiers mois où je m'étais occupée d'elle, je l'avais vue s'user les yeux à déchiffrer les pages, elle savait que c'étaient les dernières et les dévorait comme une affamée. Désormais elle était obligée de se plier au rythme de lecture des autres, elle ne pouvait plus s'arrêter sur une page, et pour avoir le plaisir de reprendre une lecture là où elle l'avait laissée, elle dépendait des autres.

Ce jour-là, après son dîner à six heures, j'ai écourté notre conversation, je l'ai recouchée sous ses couettes et ses couettes, et je l'ai quittée pour partir en exploration tandis que l'Animateur reprenait les rênes de son esprit, Place au jeu.

Le simple fait d'enfouir de la lavande au cœur de son linge avait été comme un signal. Piquée de curiosité, je me suis mise à fouiller tous les placards les uns après les autres, méticuleusement. J'en ai fait l'inventaire. J'ai mis mon nez partout. Je suis allée de porte en porte, de meuble en meuble, à petits pas de souris, j'étais comme une enfant trop fouineuse.

Je suis montée à l'étage et j'ai visité les chambres. Je l'avais entendue dire « la chambre rose », « la chambre jaune », « la chambre bleue », mais je ne les avais jamais vues. Chacune d'entre elles avait effectivement une couleur attitrée pour le dessus de lit, la moquette et quelques tissus tendus sur les murs. J'ai touché les rideaux satinés, la courtepointe de la chambre rose. Au fur et à mesure de mon exploration me revenaient les prénoms, les histoires, les anecdotes et les surnoms.

J'ai ouvert toutes les armoires, tous les tiroirs. Ils contenaient peu de choses, des affaires d'été, des foulards, des colliers de pacotille, quelques culottes défraîchies, un chapeau de paille sentant le sel qui m'allait assez bien.

Une seule chambre n'avait pas de couleur attitrée, c'était la quatrième, « celle des enfants », la seule d'où l'on pouvait voir la mer, par-dessus les toits. Elle avait été décorée par le grand-père, une grande poupée de chiffons sur le petit lit, un papillon peint sur le mur, pas de tapisserie. Quand ils devenaient grands, ils la quittaient pour aller dans la bleue ou la jaune ou la rose, mais à quel âge exactement ? Quand ils venaient en couple et avaient besoin d'un lit double ?

J'ai ouvert la grande armoire en cerisier dont elle m'avait parlé. Je savais que c'était là qu'elle mettait les vêtements d'été en hiver, et ceux d'hiver en été, jusqu'à ce qu'elle ait toujours trop froid depuis deux ou trois ans, et qu'elle ne quitte plus ses *paletots,* et ses chaussettes, même par vingt-cinq degrés à l'ombre comme en ce moment. Elle était à l'époque très ordonnée, et mettait un point d'honneur à faire ses rangements de début de saison. Mais cela faisait des années qu'elle ne voyait plus clair, elle ne pouvait plus les ranger aussi bien qu'avant, depuis trois ans elle ne montait même plus à l'étage, et sa fille s'en foutait, que ses piles d'habits soient bien rangées. Chez moi aussi, c'était toujours en désordre.

Je me suis regardée dans la glace de la penderie, et j'ai ôté mes vêtements qui sentaient les efforts de ma journée. Mes muscles saillaient sous la sueur. Mes jambes et mes bras étaient robustes. Mon travail, très physique, entretenait mon corps, mais j'avais désormais ce que les magazines féminins appellent des capitons sous les fesses, et je mettais de plus en plus de temps, chaque été, à les éliminer. J'avais les mains d'Alice, et les fesses d'une quadragénaire.

J'avais pris des cours d'aquagym, une des tortures ordinaires que les femmes s'infligent volontairement (entre autres épilations à la cire, soutien-gorge à baleines et recourbe-cils en métal), et dans le bassin face au maître-nageur forcément masculin et naturellement sculptural, j'avais regardé quarante femmes s'efforcer les unes à côté des autres de retrouver le corps de leurs dix-sept ans. Tantôt j'étais étonnée de la diversité des formes de fesses, de seins, d'épaules, de hanches, tantôt je les considérais comme les déclinaisons à des âges différents d'un même corps. La petite de vingt ans pouvait minauder devant le professeur aux muscles décidément très bien dessinés, elle deviendrait comme sa voisine au ventre relâché à quarante ans, et comme la vieille dame méritante du premier rang à soixante. Je voyais son corps se transformer doucement d'une étape à l'autre, devenir le mien, puis celui d'une autre, le même, plus tard, plus vieux. Nous étions comme les chaînons dispersés d'une même vie.

J'avais fini par abandonner ça aussi. Pouvait-on échapper à son corps ?

J'ai relevé les cheveux qui me tombaient sur le visage. J'avais maintenant des petites rides autour des yeux, et des veinules apparentes sous la peau. J'ai grimacé pour les accentuer et tenter de voir à quoi je ressemblerais à l'âge d'Alice. Elles étaient toutes là, mes rides en devenir. La première que j'avais eue, celle qui longeait la paupière inférieure, n'était pas plus profonde que les autres à présent. Je me suis regardée bien en face, les yeux dans les yeux. Quand j'étais petite, maman me disait Ne te regarde pas trop dans les miroirs, un jour tu y verras le diable. Aujourd'hui j'y voyais l'âge. J'ai passé mon doigt sur le coin de mes paupières comme pour les effacer. Un des deux battants s'est ouvert, coupant mon image en deux. En un éclair, j'ai vu mon visage autrement ; j'aurais voulu être moi, mais différente.

J'ai sorti les vêtements suspendus aux cintres, il y avait là Alice l'élégante, la décontractée, celle du dimanche et celle du lundi. J'ai enfilé une robe d'été, elle m'allait bien, Juste un peu large à la taille, j'ai marmonné, et puis légèrement démodée. Au pied de l'armoire, parmi les sandales, il y avait une paire d'escarpins à la courbure délicate, aérienne. Le noir du cuir luisait dans le bas du placard. Ils m'ont semblé inoccupés, vacants, en attente des jambes d'Alice. J'imaginais sa fierté à les porter, ses hanches qui roulaient en haut des talons fins. Ils étaient Alice et sa féminité perdue.

Je n'ai pas osé les essayer.

La nuit était tombée sans que je m'en aperçoive. J'avais l'impression que les meubles, le miroir, le visage grave de la lithographie accrochée au mur me regardaient.

Je m'en suis allée vite fait en emportant la robe.

4

A trente-neuf ans bientôt, il me restait un maigre espoir qu'un grand changement arrive. Jusque-là j'avais vécu sur la lancée de l'enfance. La solution invoquée par tous était d'avoir un enfant à mon tour. Je n'étais pas sûre que c'en soit une, cela me semblait un peu égoïste. Je n'avais pas vraiment envie de faire un enfant avec n'importe qui, un Eric ou un Frédéric, comme il y en a des milliers, comme j'en avais déjà connu dix, qui courent les rues, plus ou moins beaux, plus ou moins sots, plus ou moins centrés sur eux-mêmes. Ceux dont on doit se contenter. Ceux pour qui le sentiment décline jusqu'à devenir l'inverse de l'amour. Ceux qu'on épouse parce qu'on voudrait bien avoir un enfant, quand même, pour voir comment ça fait ou occuper des journées de plus en plus longues. Les Eric et les Frédéric ne comblent pas le vide. Ils ne sont qu'une épaule sur laquelle on peut reprendre son souffle.

Pas plus.

Le problème, c'est que j'avais peu de temps pour y réfléchir. Le temps n'était pas compté de la même manière pour les femmes. Et il nous était impossible d'oublier que les mois passaient; nous étions, en quelque sorte, des professionnelles du temps.

Mes vieillards avaient la chance de ne plus avoir à s'occuper de ça, leur vie était derrière eux. La mienne m'encombrait.

Mes excursions dans les placards d'Alice m'aidaient à l'oublier. J'avais peur de me faire prendre par un de mes vieillards, par leurs enfants ou la grosse Le Hanff, mais j'étais encore plus inquiète de me retrouver seule face au silence et à la finitude.

Alors j'ai continué, je faisais chaque jour une nouvelle découverte. J'ai trouvé un petit grenier où Alice rangeait ses livres. J'ai commencé par lire sur place, calée dans le petit fauteuil crapaud que j'avais délogé de la chambre bleue. Et puis un soir, dans ma résidence ennuyeuse où la mer grondait plutôt que de m'endormir, j'ai regretté de l'avoir laissé près du fauteuil. Dès le lendemain, je l'ai rapporté chez moi, et puis quand j'ai fini de le lire, je l'ai rangé sur mon étagère. Je me sentais plus importante, d'avoir un livre que j'avais choisi, aimé, chez moi. Alors j'ai recommencé, et petit à petit la maison d'Alice est devenue une grande bibliothèque dans laquelle je puisais. Je choisissais les romans les plus écornés, ceux qu'elle avait le plus lus, le plus aimés. Je ne gardais que ceux qui m'avaient vraiment plu, pour que ma bibliothèque soit vraiment irréprochable, pour qu'il n'y ait aucun mauvais livre parmi mes livres. A la fin du mois de septembre, une étagère était déjà remplie.

Avec mes lectures parfois je me faisais un petit thé, un thé des hauts plateaux du Darjeeling, sa fille s'y connaissait et je l'avais vue faire, mouiller la théière d'eau bouillante, verser les toutes petites feuilles brunes, attendre que l'eau tiédisse, la verser frémissante sur le tamis en argent, odeur acide de tiges vertes, champs de thé des montagnes indiennes, feuilles minuscules cueillies à la main pour moi, et j'imitais chacun des gestes de la fille d'Alice, posément, de mémoire, et ses gestes devenaient miens. Quand tout était prêt, je montais dans la chambre avec un plateau, et je m'installais dans mon fauteuil pour lire. Le thé clair avait un goût d'amande, moi qui n'avais jamais aimé le thé jusque-là, j'exultais dans le fauteuil profond, à boire mon petit thé, à entamer un livre en espérant qu'il serait bon à ramener chez moi, et je me sentais moins fatiguée. Je savais que si sa fille s'en apercevait, je perdrais un peu de mon aura vis-à-vis d'elle, mais Alice ne supportant personne à part moi, sa fille me considérait comme un don du ciel. En tant que don du ciel, je pouvais bien me permettre de visiter les lieux, ou de faire miens des livres, ou des robes.

Petit à petit, j'empruntais ses habitudes, alors que je n'avais jamais voulu m'en créer. Je ne voulais pas d'attache, pas de souvenir, rien qui me contraindrait. Depuis que j'avais eu à faire des choix, j'avais cherché à garder toutes les options ouvertes, pour que tout reste encore possible. J'étais dame de compagnie, et je pouvais partir quand je voudrais. J'étais locataire d'un appartement que je n'aimais pas. Je vivais seule. Si je décidais de partir demain au bout du monde, je le pouvais. C'était une énorme liberté, que peu de gens avaient.

Je commençais pourtant à me demander si j'allais en profiter un jour.

Je m'y perdais un peu.

J'avais une chienne de vie. Une chienne de vie de chienne de compagnie.

Lundi, Alice, Hugo, Anne-Louise, puis deuxième tournée, dans le même ordre. Huit heures de travail.

Mardi, Hugo, Anne-Louise, Alice.

Idem jeudi et vendredi.

Mercredi et samedi, les mêmes, plus Rose et son frère.

Le dimanche, uniquement Alice et Hugo.

Entre deux patients, des kilomètres en voiture. Mon domaine était un rectangle qui allait de la falaise où vivait Hugo au petit port où j'habitais ainsi qu'Alice, puis à la ville où résidait Anne-Louise, et enfin, au nord, la maison à la campagne de Rose et Gwenaël. Un royaume dissymétrique : vingt kilomètres entre Hugo et Rose, quinze entre Rose et Anne-Louise, cinq entre Anne-Louise et Alice. Une heure de macadam par jour, minimum, entre tous les allers-retours. Deux heures en tout, les jours où j'allais chez Rose. Des routes côtières ou arborées où j'aurais pu rouler les yeux fermés.

Pour chacun, lever, toilette, repas, coucher, moi tourbillonnant autour d'eux et eux, si lents, qui ne faisaient rien. Surtout ne pas s'énerver, prendre patience, ce n'était pas leur faute, pas la mienne non plus. Surtout, être à l'heure, avec chacun d'eux, ils étaient vétilleux sur les horaires et en avaient besoin : le moindre écart et ils se mettaient à dérailler, à se sentir mal, à oublier les mots, à insulter leurs enfants. Etrange, cette obsession des heures pour ceux à qui il restait peu de temps à vivre, à la caisse des supermarchés c'était pareil, les plus pressés c'étaient les vieux, ceux qui criaient le plus fort quand on essayait de leur piquer leur tour, c'étaient eux. Ils essayaient peut-être de rattraper le monde, qui courait plus vite qu'eux, ils voulaient prouver qu'ils arrivaient encore à tenir la cadence pour qu'on ne les enterre pas tout de suite. On n'avait déjà plus besoin d'eux pour enseigner les métiers ou la sagesse, cela faisait longtemps qu'on avait compris que les vieux sont pareils que nous mais en plus malheureux et en plus impuissants, à l'ère du productif et du rentable les vieux n'avaient plus de place. Le passé n'était plus une réserve d'exemples ; l'avenir en était déconnecté, et lui seul comptait ; le présent n'avait plus d'intérêt, il servait juste à s'inquiéter du futur. Une valse à trois temps qui s'emmêlait les jambes. Le présent était déjà du passé, c'était frappant à la télévision d'ailleurs, ou dans les articles que je lisais à Anne-Louise, tout ce qu'on racontait, on le faisait comme si c'était déjà historique, on le commémorait d'avance. Mes vieillards dataient déjà d'avant-hier.

On vivait de plus en plus vieux, pour quoi faire, le temps libre s'allongeait, pour quoi faire, que faire de tout ce temps ? A quoi pouvais-je rêver ?

5

Un samedi du mois d'octobre, j'ai recommencé, chez Hugo cette fois. C'était le patient dont je me sentais le plus proche, même s'il avait un drôle de caractère. Mes collègues avaient peur de lui. Isabelle Le Hanff ne voulait plus s'en occuper depuis qu'il lui avait donné des coups de canne dans les jambes. Il disait que c'était faux, mais elle m'avait montré les marques rouges sur ses mollets. Sacré menteur. C'était grâce à nous qu'il pouvait rester chez lui, et pourtant il ne pouvait pas s'empêcher de se venger sur nous du mal que le ciel et la terre lui avaient fait jusqu'à ce jour. Moi aussi je m'en méfiais, mais je ne pouvais pas m'empêcher de bien l'aimer. C'était en venant au secours d'un de ses patients maniaco-dépressifs que celui-ci l'avait agressé, le laissant handicapé pour la fin de ses jours – et amer à vie. Jusqu'alors il avait eu tendance à boire; après l'accident, il était devenu sobre, mais il n'aimait plus les gens.

Il vivait au bout d'une pointe, alors qu'il ne pouvait se déplacer qu'en fauteuil. Il était donc totalement dépendant de moi. Il avait de longues tirades sur la pensée étriquée, insidieuse, des gens, qui se glissaient sans même le savoir dans une vie entièrement déterminée à l'avance. Il pestait contre les pères de famille, ceux qui prennent leur rôle tellement au sérieux qu'ils en finissent par oublier leurs vrais désirs, et qui en veulent à leurs enfants quand ils s'en rendent compte – trop tard. Il n'épargnait pas les mères, qui s'écrasaient le plus souvent devant l'autorité de leur mari et préféraient penser à leur prochaine liste de courses ou leur future machine à laver. Il les haïssait quand ils devenaient grands-parents et tentaient de se rattraper de leurs méfaits sur leur progéniture en gâtant les dents de leurs petits-enfants souriants.

— Et ça, vous savez quoi, Claire ? C'est parce qu'ils sont vieux, et gâteux, voilà pourquoi !

Il redoutait par-dessus tout le moment où il devrait peut-être se retrouver dans une maison de retraite, au milieu de gens de son âge et pourtant cacochymes. Je lui disais que c'était ça, justement, que j'aimais bien chez les vieux, qu'il leur poussait des colères comme des cors sur les pieds, de vraies colères comme on ne sait pas en faire quand on est encore jeune. Moi, je commençais tout juste à apprendre.

Mais tout ce qu'il retenait alors, c'était que je l'avais traité de vieux, et il partait bouder dans la véranda où il se tortillait sur sa chaise roulante en ronchonnant. Tassé près des dessins de fauvettes encadrés au mur, il m'insultait entre ses dents, son regard noir ne me lâchait pas, et il disait Qu'est-ce que je fais sur la terre, je l'entendais bougonner à quelques mètres de moi tandis que j'écossais les petits pois en silence, en réfléchissant à la question.

Hugo n'aimait pas les légumes verts mais il n'avait le droit qu'à ça, pour le restant de ses jours il ne pourrait rien manger de ce qu'il aimait : ni charcuterie, ni fromage, ni vin. Il ne pourrait plus poser le pied par terre, non plus. Ses colères étaient les seuls excès auxquels il avait droit. Je les supportais en équeutant les haricots verts, en épluchant les pommes de terre, en préparant les soupes et les purées. Chacun de mes vieillards avait sa liste de courses hebdomadaire, toujours la même ou presque, et il ne fallait surtout rien y changer. Je connaissais tout par cœur, Alice, six bouteilles d'eau, un steak de 200 grammes (carence en fer), deux petites boîtes de légumes verts (constipation), rillettes de poisson (tartines du soir), Anne-Louise, fruits et chocolat au lait (par lot de trois tablettes), poisson frais, pain brioché, pains au lait, purée en sachet, Rose et Gwenn, les grosses courses, bouteilles d'eau, de vin, de cidre, papier toilette en feuilles, pas en rouleaux (un jour je m'étais trompée et Gwenn s'était presque mis en colère).

Mais pour Hugo c'était difficile et pas très drôle, je savais que quoi que je prenne il grimacerait parce qu'*il n'aimait pas ça,* et il me le dirait à chaque fois, Pas faim, quels que soient les légumes, Vous allez manger un petit peu quand même, grimace, *je n'aime pas ça.* Parfois j'avais l'impression de ne leur acheter à manger que pour qu'ils avalent leurs médicaments. Je lui servais ses assiettes et j'attendais que ses orages passent. Il n'y avait rien à dire, il avait raison, son sort était terrible et c'était inutile d'essayer de prétendre le contraire, de jouer la Isabelle Le Hanff. Je savais la douleur dans son dos, la honte qu'il avait quand je lui mettais ses couches tandis qu'il était encore allongé, des couches qui avaient toujours l'air déplacé sur leurs jambes maigres et grises, qui signifiaient le retour à l'enfance de la manière la plus évidente et la plus brutale, et puis la terreur qu'il avait chaque matin à l'idée de souffrir au moment où je le placerais dans la machine orthopédique. Une machine sortie du cabinet d'un dentiste, ou d'un vétérinaire, qui le soulevait du lit pour aller à sa chaise. Il ne voulait pas dire qu'il avait mal, mais je voyais les crispations sur son visage, j'entendais les os craquer et j'avais peur de le briser, moi, en mille morceaux, pour une seconde d'inattention. Parfois il en criait, il criait comme un dingue, fou de douleur, et parfois même il en pleurait, lui, un vieil homme, un adulte. Je ne disais rien, j'attendais que la douleur passe, et je restais derrière lui, debout, pendant qu'il finissait la soupe qu'il n'aimait pas, tandis qu'il regardait droit devant lui, lourd de pensées. Et s'il arrivait à se calmer, s'il allait regarder ses documentaires animaliers à la télé, alors seulement j'allais retaper son lit.

Sur la table de nuit il y avait des chaussettes, des suppositoires, une pommade contre les hémorroïdes, des anti-inflammatoires et des somnifères. Je savais au nombre de cachets avalés depuis la veille au soir de quoi sa nuit avait été faite, bien après avoir oublié mes propres rêves. J'ai sorti le petit plastique de ma poche marqué *Hugo*, et j'ai posé dans la coupelle ses cachets du soir. Les autres boîtes, c'étaient ses extras, ce qu'il allait prendre au gré des douleurs imprévues et des insomnies. Les vieux, ça ne dort pas, non plus, peut-être par peur de ne pas se réveiller. Vous croyez y échapper, vous vous croyez immortels, et pourtant, vous non plus vous ne pourrez plus dormir, quand vous irez vers l'âge des douleurs, des pertes de mémoire et de lucidité, des rides et des infirmités. Moi, l'ennui m'y menait plus sûrement encore que le temps.

J'ai eu envie d'ouvrir l'armoire à côté du lit. Je connaissais tout sur la vie du corps d'Hugo, mais il ne m'avait quasiment rien raconté de son passé. Je savais que s'il cachait quelque chose chez lui, il le ferait forcément dans sa chambre. La maison d'Hugo était comme une tanière, remplie de livres et d'animaux sous toutes leurs formes, aussi bien en bibelots de porcelaine que sur des gravures du dix-neuvième. L'ensemble conférait au lieu une apparence de terrier-bibliothèque assez mystérieuse, qui m'avait souvent donné l'envie d'en savoir plus, sur lui ou sur sa femme, sur leur jeunesse ensemble ou sa disparition. S'il me surprenait, il serait furieux. Cela m'excitait encore plus.

J'ai tourné la clé du placard. Il était rempli de petits dossiers rigides rangés debout. J'ai tiré un des cadres. Des descriptions scientifiques. Je l'ai sorti complètement, et je l'ai retourné. Un papillon pourpre est apparu sous un ciel de verre. J'ai sorti les autres petits tiroirs verticaux. Des papillons de tailles diverses, marron, bleu, turquoise, noir et jaune, ciel, fauve. Epinglés dans leurs petites boîtes. Ils n'avaient pas dû être jugés dignes d'être exposés sur les murs de la maison. Ils avaient été rangés là, laissés pour compte, comme des filles côte à côte sur un des bancs du bal, qui font tapisserie et ne danseront pas. Je les trouvais magnifiques et pitoyables, tout autant que leur propriétaire, misanthrope revenu de tout qui rêvassait en cachette devant des papillons. Hugo profitait de la délicatesse de ses doigts pour ranger des insectes par ordre alphabétique dans le placard de sa chambre. Je l'imaginais les détacher à la pince à épiler pour les placer sur le verre, poser le papier calque sur les ailes, épingler le thorax. C'était le jardin secret d'un homme de quatre-vingt-neuf ans incapable de marcher et soi-disant revenu de tout.

Je me suis approchée tout près des plaques de verre. Sur les étiquettes blanches, leurs noms, dont je ne comprenais qu'un mot sur deux : *Hopfferia militaris, Parnassius discobolus insignis, Maculata formosana,* et leurs origines, Papouasie, Guyane, Vanuatu. Il devait les recevoir par la poste. J'imaginais les petites créatures mortes faire le tour de la terre et traverser les océans dans les grands conteneurs jaunes du ventre des cargos, voyageuses intrépides qui ne le sauraient jamais. J'ai fait coulisser l'une des vitrines dans ses rails de bois verni. J'ai saisi l'insecte bleu par le ventre, comme j'avais vu faire je ne savais plus où. Il ne fallait pas toucher leurs ailes, les couleurs étaient comme de la poudre, elles s'enlevaient au moindre contact et vous restaient sur la peau. C'étaient de véritables cartes d'identité, elles étaient fragiles. La phalange de mon index a caressé l'aile bleue, trop tard, la poussière colorée s'est déposée sur mon doigt, l'aile était décolorée sur quelques millimètres, il le verrait, comment faire, comment le remettre, l'emporter. Je l'ai reposé sur son cadre, et je l'ai enfoui dans mon pantalon, je sentais le verre froid contre mon ventre et les coins du bois contre mes hanches.

Le soir, je l'ai placé au centre de mes rayonnages, au milieu de mes livres, d'un côté ceux de A à M, à droite ceux de N à Z, au centre un vide habillé d'un papillon bleu, ça commençait à avoir fière allure. Jusque-là je n'avais jamais voulu décorer mon appartement de bibelots ou de cadres. Mon appartement était monacal, la plupart des meubles m'avaient toujours semblé trop fonctionnels, trop pratiques, des entraves à ma liberté. Le papillon, ce n'était pas pareil. C'était les ailes, le voyage, le vol, la vie comme un feu d'artifice à l'intérieur de mon salon.

Je suis allée me maquiller dans la salle de bains, pour me préparer à ma sortie de la semaine. Le vendredi ou le samedi soir, je rejoignais Paul, Max, et quelquefois d'autres personnes, et nous allions dans un des mille bars de la ville toute proche. Une ville entièrement détruite par les bombardements lors de la dernière guerre et reconstruite à la va-vite. Une ville sans mémoire, sentant le port, mais ouverte vers le large.

Lorsque j'ai approché la brosse de mascara de mon œil, j'ai noté une petite tache sur mon doigt. C'étaient les pigments de l'aile du papillon, ils avaient résisté à l'après-midi et à mon travail. J'ai fini de me farder les cils en faisant bien attention de ne pas endommager le minuscule grain bleu, puis j'ai frotté la pulpe de mon doigt sur ma paupière. La couleur ne partait pas. J'ai gratté ma peau avec l'ongle de mon pouce, la poudre bleue s'est accumulée sur les irrégularités de mon ongle, sur les pores de ma peau. J'ai dû employer une petite brosse et de l'eau savonneuse pour la faire partir et avoir des mains impeccables pour sortir ce samedi-là. Alors seulement j'ai rejoint comme prévu Paul, Max et un couple d'amis à eux, Jean et Marie, au Resto des Stars, un bar-restaurant-karaoké qu'on disait délicieusement ringard.

6

L'endroit était tout près de la gare, près du passage à niveau qui coupait la ville en deux – une de ses nombreuses curiosités urbanistiques, qui bloquait toute circulation dans le centre à chaque fois qu'un train arrivait dans un sens ou un autre. C'était un ancien entrepôt ferroviaire transformé en night-club, qui avait connu plusieurs enseignes ayant fait faillite les unes après les autres. « Resto des stars, stars pour un soir », tu parles d'un slogan. Deux vigiles en gardaient l'entrée pleine de courants d'air. J'ai suivi les quatre autres docilement.

Une serveuse en mini-jupe a filé à travers les tables tandis que nous tentions maladroitement de la suivre. Il y avait des dizaines de convives installés aux tables rondes. Une table de femmes de marins, aux cuisses larges, écartées pour s'asseoir sur les chaises trop petites, commandaient des bières qu'elles pisseraient plus tard – et peut-être debout, et interpellaient les hommes de leur voix gouailleuse en leur lançant de drôles de défis. L'endroit était exactement à mi-chemin entre un restaurant et une boîte de nuit. Une mariée, dont la présence ici était assez incongrue, trônait dans une robe en forme de pièce montée. Elle devait avoir dix-neuf ou vingt ans, son visage était pur, mais sans expression. Elle était assez grosse et ses bras étaient ceux d'un enfant un peu gras. Les hommes qui l'entouraient à la table étaient éméchés et les femmes leur faisaient les gros yeux quand ils lançaient une blague un peu leste. C'était un mariage, tout de même. On nous a installés au fond de la salle, à côté d'une tablée de jeunes filles.

La musique était forte. Les murs rouge et or. L'animateur a lancé le karaoké. Marie était en verve, et ses commentaires sur les clients du restaurant fusaient les uns après les autres. Comme toujours, Jean la regardait, l'air amoureux, et l'écoutait discourir, alors qu'elle n'avait pas un regard pour lui et ne cherchait qu'à nous amuser. Je l'écoutais d'une oreille, mais je préférais observer les autres tables, étonnée par cet univers.

Un homme à la moustache fournie, probablement le père de la mariée, s'est levé pour aller sur la scène chanter une chanson de Michel Delpech. Sa voix était grave, assez belle, il n'avait pas besoin de regarder les paroles sur le grand écran à gauche de la scène, et il imitait parfaitement le chanteur. Paul a dit en riant :

— Un fan de Delpech, ça existe encore ! Ça fait rêver...

En effet. Dans la chanson, un homme nommé Jean-Pierre disait à sa femme qu'il descendait acheter des cigarettes en sachant qu'il ne reviendrait plus jamais. Et c'était censé être une tragédie. On a commencé à rire. Les jeunes filles à côté de nous raillaient elles aussi l'air emprunté du bonhomme, son costume aux jambes trop larges, sa chemise au col trop long. Mais le reste de la salle, en particulier les invités du mariage bien sûr, le regardaient, un peu hébétés, et semblaient apprécier sa prestation.

Moi, je ne pouvais détacher mes yeux des lettres sur l'écran, comme pour vérifier que c'était bien ça, c'étaient les paroles exactes, il connaissait la chanson et le rythme par cœur.

Et marketing, qui rimait avec livre sterling.

Les gestes de l'homme sont devenus excessifs, sa main s'est tendue au bout de son bras, et son regard s'est porté loin dans cette direction, à notre grande satisfaction. Paul pleurait de rire. J'avais peur que l'homme ne s'aperçoive qu'on se moquait de lui.

Il était Michel Delpech, jusqu'à ce que les lumières se rallument, cendrillon électrique qui retrouverait sa petite existence dès le changement de disque, redevenu lui-même, un petit représentant de province qui flottait dans son pantalon. Il s'est faufilé entre les tables pour revenir à sa place, a embrassé la mariée dans le cou, lui mouillant la nuque de sa joue pleine de sueur.

Marie a raconté deux ou trois anecdotes qui s'étaient passées au cours de noces, et notamment des siennes. Elle buvait plus vite que les autres. Jean tentait de la raisonner quand elle se resservait. Elle a croisé mon regard qui devait en dire plus long que je le voulais. La réponse n'a pas traîné :

— Et toi, Claire, alors, quand est-ce que tu nous invites à ton mariage ?

— Bientôt. Il ne faut pas que je tarde, en fait, parce que je sors avec un de mes vieux, il a quatre-vingt-seize ans.

Marie a fait une grimace écœurée. Et en a profité pour se resservir un verre de vin.

— Tu as tort d'avoir des préjugés... Il fait l'amour comme un dieu.

— Oh, Claire, je t'en prie, même pour rire... Et puis tu ferais mieux de t'y mettre...

Me mettre à calquer ma vie sur la leur, sans doute. Je ne veux pas de ta vie comment peux-tu juger la mienne. J'ai regardé ailleurs et fait semblant de ne pas l'entendre.

— Arrête, Marie, laisse-la tranquille...

— Non, mais c'est vrai, à son âge...

— Vous avez le même âge...

Elle n'a pas répondu, parce qu'elle devait se dire que ce n'était pas pareil, elle, elle avait deux enfants, mais elle n'osait pas me le dire en face parce qu'elle était polie, derrière son serre-tête en velours bleu marine. Pauvre idiote, ce n'est pas ta faute, elle était incapable de concevoir la vie autrement, le seul sens de la vie envisageable pour elle c'était celui-là. Pas la guerre, le jeu, les voyages, non. Un peu comme un manque d'imagination.

L'ambiance à notre table s'est soudainement refroidie. Personne n'osait plus parler, Marie avait son regard hagard. Elle préparait sa riposte, certainement. Nous regardions le spectacle des vies ringardes qui s'étalaient devant nous. Deux de nos voisines étaient montées sur l'estrade, et annonçaient en préambule qu'elles étaient là pour célébrer l'enterrement de vie de jeune fille de l'une d'elles. Décidément c'était la saison. Elles ont choisi, Dieu sait pourquoi, une chanson à la gloire de Che Guevara, en espagnol, qu'elles prononçaient mal. Un professeur grand, fort et de gauche avait dû leur enseigner la chanson. Elles se regardaient, complices, en chantant, et riaient quand elles se trompaient de mot. La salle riait avec elles. Une armada cubaine se retournait dans sa tombe.

Nos plats sont arrivés, nous avons commencé à manger, Paul a réussi à changer de sujet. J'avais donc évité le passage où ils m'annonçaient que j'avais atteint la moitié de ma vie, comme si ça voulait dire quelque chose, et celui où ils m'informaient que si je ne faisais pas d'enfant maintenant, je n'en ferais jamais, comme si c'était une découverte. Ils auraient préféré que je fasse un petit avec un homme que je connaissais à peine, ou même que je n'aimais pas, un Eric, un Frédéric qui aurait occupé la sixième place, vide, de notre table. Ils auraient mieux compris. Je ne les comprenais pas non plus. Je voyais les hommes en couple, même les jeunes, fats, vulgaires et indélicats, qui ne regardaient plus leur femme après un enfant ou deux, et je me demandais bien pourquoi il aurait fallu m'en trouver un à mon tour. Paul racontait ses dernières vacances en Toscane, on se serait cru à Connaissance du Monde.

Soudain il y a eu de l'agitation à la table des mariés. Le marié, un jeune homme un peu rougeaud, au front gras, essayait de raisonner sa toute nouvelle femme qui secouait la tête en regardant par terre. Elle était assez peu gracieuse, mais son air juvénile et son chignon bouclé me la rendaient plus sympathique que son mari porcin. Un oncle ou deux se sont mêlés à la conversation, insistants eux aussi, bientôt rejoints par la mère de la jeune fille. Elle a fini par hocher la tête, rouge, et puis elle est montée sur la table d'un air contrarié. Le mari semblait fier d'elle. Il est allé chercher l'animateur et l'a ramené par le bras. L'homme – un lointain cousin de celui qui présentait le jeu d'Alice, mais habillé comme Michael Jackson – a commencé à enchérir dans son micro. Elle a levé sa robe de quelques centimètres. Les étudiantes en espagnol se sont arrêtées net de manger.

Paul a surpris mon regard, il a prévenu les autres :

— Oh là, c'est le bouquet, regardez ça !

Je me suis tournée vers Marie :

— C'est ça, que tu ne voudrais surtout pas que je rate ?

— Oh, n'exagère pas... On n'est pas comme ces gens-là... Tu me vois, non, me marier dans un karaoké ? !

Les autres ont ri.

Un homme a mis cinq euros sur la table. L'homme en habit de lumière est venu chercher le billet en dansant à reculons, puis il a réclamé plus d'argent. Personne n'a bronché. Un silence troublé s'est installé. Le marié a pris un air à la fois faussement surpris et vraiment inquiet. L'animateur prenait son rôle à cœur, il criait dans son micro, Al-lez, Al-lez, pour la Ma-riée, mais personne ne bougeait à la table. Tous regardaient la jeune mariée, dont la main se crispait sur le tissu de sa robe, quinze centimètres au-dessus des chevilles épaisses, le derrière pointé. L'animateur s'est rapproché de notre table, en enjoignant les autres clients du restaurant à donner quelque chose. Personne n'a levé la main. Le marié avait honte, honte de sa femme qui ne faisait envie à personne, de ses invités qui ne voulaient pas donner de l'argent pour ça. Les hommes épongeaient leur front transpirant, les brumes de l'alcool se dissipaient devant le malaise général. Un des oncles qui l'avaient persuadée de grimper sur la table s'est senti obligé de donner quelque chose. Il a rajouté cinq euros, comme l'autre, pour ne pas donner moins. La jeune fille était prête à pleurer, parce qu'elle n'avait pas voulu monter en chaussures sur la nappe, parce qu'elle savait que ses jambes étaient vilaines, parce que personne ne désirait voir ses cuisses, même ses oncles, qui ne voulaient pas regarder la chair rose qu'ils avaient payée. La jarretière était encore loin. Elle avait beau se pencher pour la rapprocher de l'ourlet qui remontait, elle n'y était pas encore. Tout le monde la dévisageait, maintenant, au Resto des Stars, et elle ne savait pas quand cela allait finir. A la sortie de l'église, elle avait dû être contente que tout le monde la regarde, elle était bien coiffée, elle avait choisi un voile qui lui cachait les fesses, elle se sentait jolie, appétissante dans sa robe de mariée, le plus beau jour de sa vie. Mais là, elle aurait voulu être hier, ou demain, sûrement pas maintenant, face à tous ces gens qui lui signifiaient qu'elle n'était pas belle, qui lui criaient silencieusement qu'elle était grosse et blanche. Paul ne riait plus, et Marie disait La pauvre, la pauvre en boucle, comme un disque rayé.

A la table d'à côté, une des jeunes filles a déclaré un peu trop fort Non, non, moi je ne cautionne pas ça, mais bientôt elle a mis la main au portefeuille comme ses copines, elles se sont cotisées, et celle qui enterrait sa vie de jeune fille est allée donner à l'animateur l'argent qu'elles avaient rassemblé, en solidarité peut-être, ou pour le bien de la communauté, infléchissant la tête comme une petite fille qui remonte l'allée d'une église pour apporter l'argent de la quête au curé. Tout le monde leur était reconnaissant de mettre fin à cette situation dont nous étions tous coupables. La jeune mariée lui a dit merci d'un air pitoyable, elle a montré sa jarretière qu'elle avait dû choisir avec sa mère, elle l'a enlevée laborieusement, et la jeune fille n'a pas osé lui dire que ce n'était pas la peine. Quand notre voisine l'a finalement prise et chiffonnée dans son poing pour qu'on ne la voie plus, la mariée s'est rassise, le visage baissé. J'ai cru entendre quelques soupirs de soulagement. Les hommes de la table n'étaient plus tout à fait saouls, ils devaient commencer à sentir la gueule de bois qu'ils auraient le lendemain. Je pressentais celle qu'aurait la jeune mariée tout au long de sa vie en pensant à cette soirée où elle aurait mieux fait de partir en courant, quitte à relever ses jupes.

Je n'ai pas pu m'en empêcher, j'avais une revanche à prendre sur Marie et ses certitudes imbéciles, j'ai dit :

— Ah, ça me fait vomir, ces noces et ce faux décorum, la pauvre fille, se plier à ça, c'est horrible, tu crois peut-être qu'on est mieux, mais c'est exactement pareil, le mariage au fond, c'est toujours une histoire de cuisses et de fric, d'ailleurs tu l'as dit toi-même, « dans nos milieux », tu as dit, ça prouve bien que jamais tu n'aurais imaginé te marier avec quelqu'un d'un autre milieu, hein, ça aurait nui à ton image, à ton héritage, à ton pécule, non ?

— Arrête, Claire, tu vas pas t'y mettre...

Paul protestait tandis que Marie soufflait un « frustrée » entre ses dents à l'intention de Jean, les chignons étaient prêts à être crêpés, elle s'est tournée vers moi :

— Tu dis ça, Claire, mais reconnais que ça doit être lourd, quand même, de se retrouver toute seule,

j'ai haussé les épaules mais elle a continué,

— chaque soir, je ne sais pas, moi, j'aime bien, par exemple, rentrer et retrouver Jean, ne serait-ce que pour lui raconter ma journée...

C'était sans doute pour ça qu'elle buvait de plus en plus et qu'elle ne riait plus avec lui.

J'ai vu la jeune mariée revenir du dehors, en chemisier et pantalon. Elle était partie se changer, probablement dans la voiture, se tortillant sur le siège arrière pour enfiler son pantalon sur ses grosses cuisses qu'elle cachait pour de bon. Une réminiscence, en quelque sorte, de leur premier flirt sur le parking d'une boîte de nuit baptisée Cap 3000 ou l'Appalooza. Son mari la suivait, penaud. Elle venait de le découvrir ignominieux pour la première fois. Et ce n'était sans doute pas la dernière.

— Tiens, regarde, comme elle a l'air fière, et comme ils ont envie de se parler, ces deux-là...

Marie a soutenu avec une mauvaise fois avinée que la mariée ne se rappellerait plus le mauvais côté des choses dès le lendemain, avec force aphorismes du type « seuls les bons moments restent ». L'ensemble sentait la fin de soirée où on a trop bu.

J'en ai eu tout à coup assez d'entendre ses idées convenues et les bons sentiments qu'elle assénait aux autres avec des airs d'institutrice. Je n'avais plus envie de la regarder faire semblant d'être heureuse, dire qu'elle était fantaisiste alors qu'il n'y avait pas plus réglé que sa vie, prétendre avoir fait les bons choix alors que ses yeux disaient qu'elle en doutait chaque jour. J'ai dit que j'étais fatiguée, et j'ai quitté la table.

Sur le parking, la température plus fraîche et l'absence soudaine de bruit m'ont étourdie, je ne savais plus très bien où j'avais mis ma voiture, alors quand je l'ai finalement retrouvée, j'ai attendu un moment derrière le volant pour reprendre mes esprits avant de rentrer.

— Ça va ?

Derrière ma vitre ouverte, un homme d'une quarantaine d'années me regardait :

— Vous avez vu, votre plaque d'immatriculation ?

Je l'ai purement et simplement ignoré, en regardant droit devant moi les réverbères jaunes qui longeaient la voie ferrée.

Il a répété sa phrase, un peu plus fort. Il avait l'air sincère. J'ai passé la tête par la fenêtre pour jeter un coup d'œil, je ne voyais rien, je me suis sentie obligée de sortir vérifier, la plaque de ma voiture était effectivement toute de guingois.

— Je peux la remettre en place, si vous voulez, sinon vous risquez de la perdre.

Les gens étaient terribles, à toujours vouloir s'occuper de vous. Et on parlait d'individualisme. J'ai fini par céder. Je souriais, mal à l'aise dans les vapeurs d'essence, en regardant par terre les taches aux couleurs d'arc-en-ciel, tandis qu'il était penché devant ma voiture.

— Vous rentrez de vacances ?

— Non, non, je sors de là.

J'ai montré l'enseigne du karaoké. J'avais un peu honte.

— Je croyais que vous veniez de la gare.

Je n'ai rien dit. D'autorité, il avait commencé à rafistoler ma plaque d'identité. Après un silence, il a ajouté :

— Moi, je viens d'emménager ici. J'aime bien le quartier de la gare dans les villes que je ne connais pas. Il y a toujours des ambiances particulières. L'odeur des rails...

— Vous devriez aller au port de commerce, c'est un peu pareil, les mêmes désœuvrés et autres fumeurs en manque de cigarettes, mais en plus grand, avec les cargos à quai, les marins de toutes nationalités, du monde à toute heure. Il y a des rails, aussi, mais pour les bateaux, ils vont à la mer et sentent la rouille et le provisoire... C'est encore plus sinistre. Ça devrait vous plaire.

— Vous ne voulez pas qu'on y aille ?

J'avais envie de remonter dans ma voiture mais je ne voulais pas m'y précipiter. Deux poivrots sont passés, bredouillant des histoires de leurs voix traînantes et nasillardes.

— Il est tard...

J'ai ouvert ma portière. Il était séduisant, bien qu'un peu flou.

— Je suis désolé, ce n'est pas dans mon habitude, mais quelqu'un qui comprend ce que j'aime dans les gares, ce n'est pas si courant... J'ai envie de vous demander votre numéro de téléphone.

J'ai eu un flash de la mariée debout sur sa table au milieu de tout le monde. Al-lez, Al-lez, pour la Mariée. Il ne rappellerait peut-être jamais. J'ai tiré un stylo de mon sac, en disant quand même :

— Moi non plus, je ne le fais jamais...

Je suis rentrée chez moi, je n'avais pas envie de dormir, j'ai débouché une bouteille de vin et j'ai continué à boire devant la baie vitrée qui me reflétait au lieu de montrer la mer. Seul le carreau de verre du papillon réfléchissait la marée basse au-dehors.

J'étais une chienne de compagnie. Je parlais peu, j'écoutais beaucoup. Personne ne me demandait jamais comment s'était passé ma journée. Marie avait tapé juste. Parfois je passais plusieurs jours d'affilée à écouter les autres et à ne rien dire. A ne parler qu'à mes vieillards ou à la boulangère, qui, elle, était peut-être comme moi, et passait ses journées à articuler Et avec ceci ?, et rien d'autre. Deux cents fois Et avec ceci dans la journée, rien d'autre, un drôle de métier. Le mien était dur. J'avais envie de le dire à quelqu'un. J'avais envie que quelqu'un me le demande, mais pas un Eric ou un Frédéric, pas une simple épaule, une oreille aussi, et un cœur si possible.

Je voulais qu'on m'écoute. C'était mon tour.

Je voulais me remplir de vin épais, m'alourdir et m'enliser dans le sommeil, face au papillon violet qui semblait enfiché dans la vase, et ne plus penser à la force d'inertie qui, quoi que je fasse, que je sois seule ou mal accompagnée, ne pourrait que me clouer ici, comme une barque au rancart, face à la mer immense.

7

« Quelque chose nous dit que vous avez besoin d'aide. Ne bougez pas, nous avons ce qu'il vous faut : une assurance tous risques corporels qui vous rembourse tout ce que la Sécurité sociale... »

Je les connaissais par cœur, ces marques qui dictaient mes désirs.

« Ce n'est pas parce que ce n'est pas grave que ce n'est pas ennuyeux. »

J'ai fait taire le radio-réveil. Les cloches de l'église du bourg faisaient entendre leur son clair. Les pubs étaient les mêmes le dimanche et les autres jours de la semaine.

J'ai filé à la salle de bains prendre une douche, puis mettre ma crème *anti-âge* (j'étais bien placée pour savoir que cela ne voulait pas dire grand-chose – même si *je le valais bien*). Puis voiture, mer, maison d'Hugo, clé, véranda, vestibule, couloir, porte de la chambre, couinement de la manivelle, volet, lumière, tanière d'un vieil emmerdeur dont le regard exprime la colère ce matin. Parfois il avançait son réveil pour pouvoir m'accuser d'être en retard ; parfois il l'avançait, au contraire, pour me mettre hors de chez lui.

— C'est moi, Hugo, comment allez-vous aujourd'hui ? Je suis passée aux halles, je vous ai pris des petits plats chinois, pour changer.

— Qu'est-ce que vous voulez que ça me fasse, que ce soit dimanche ? Je ne travaille plus depuis longtemps, et personne ne vient me voir. Et de toutes façons, j'ai toujours détesté les dimanches. Je hais les dimanches, comme dirait l'autre. D'ailleurs je suis né un dimanche.

— Vous n'allez pas commencer à faire votre grincheux... Moi, j'aime bien les dimanches, alors vous n'allez pas me gâcher le mien.

J'ai avancé l'appareil de levage vers son lit. Il s'est tourné sur le côté pour que je puisse glisser le faux cuir sous sa taille. Je l'ai fait rouler sur la courroie, puis j'ai fermé les boucles, et j'ai commencé à tirer sur les poulies pour le soulever. La douleur contractait les muscles de ses épaules, mais il a serré les dents. Ses cheveux étaient en désordre, dressés sur son visage aux traits tirés.

— Vous n'allez pas me dire que vous aimez ça... Tous ces rideaux tirés sur des bruits de fourchette, et cette hypocrisie en famille des dimanches midi, cette certitude d'être des gens bien, et ces chrétiennes à la pensée lavée pour une semaine...

Il a arrêté de parler parce qu'il avait mal. Son visage était rouge sous l'effort, et moi je transpirais.

Sa gorge sifflait. Il a fermé les yeux au moment où je parvenais à l'asseoir sur son fauteuil roulant.

Une pause courte, car immédiatement :

— du chien, c'est ça, vous m'avez pris du chien à manger avec des légumes ? Et bien il n'y avait pas besoin d'aller aux halles pour ça !

je n'ai pas répondu voilà qu'il se mettait à faire des commentaires racistes ça non je ne le permettrais pas je ne lui répondrais pas puisque c'était comme ça.

Mais il souriait vaguement, il avait voulu faire de l'humour pour cacher sa douleur.

Je l'ai poussé jusqu'à la cuisine, il essayait de mettre ses mains sur les roues pour se diriger lui-même, et aussi, je le savais, pour pouvoir se plaindre si je lui râpais les doigts, pour me reprocher de ne pas assez faire attention à lui. Il m'a regardée ranger les sachets du traiteur dans le réfrigérateur, cherchant une autre blague à sortir, sans doute.

En mangeant, Hugo me racontait comme chaque dimanche matin le documentaire qu'il avait vu la veille au soir. Hugo aimait les documentaires sur les animaux et sur les civilisations anciennes, à égalité. Il n'en manquait pas un seul, et m'en faisait généralement le compte-rendu. Ce n'était pénible que les dimanches matin où j'avais la gueule de bois. Ce matin, par exemple. Le Resto des Stars avait un peu de mal à passer.

— Vous comprenez, la longueur de la côte bretonne, par exemple, on pourrait croire qu'elle est fixe, absolue, et bien non, elle a plusieurs valeurs possibles, selon qu'elle est mesurée d'avion ou bien par un escargot qui va en épouser la moindre anfractuosité, car on dit bien *anfractuosité*, il ne faut pas dire infractuosité comme la plupart de ces imbéciles...

Et c'était reparti pour un tour de colère. J'ai empoigné sa chaise pour l'amener sous la véranda.

— Qu'est-ce que vous faites ? Je n'ai pas fini mon petit-déjeuner !

Il restait une goutte de café dans son bol.

— Oh pardon, Hugo, je croyais que vous aviez terminé.

— Et puis j'arrive encore à me déplacer tout seul en fauteuil, je vous signale, donc laissez-moi faire. Si j'ai envie de rester une heure au petit-déjeuner, je ne vois pas qui pourrait m'en empêcher !

— Personne n'y songerait, Hugo, et surtout pas moi... Restez là si vous voulez, moi je vais faire votre chambre

mais il continuait à crier, il s'emballait,

— C'est vrai, ça, quand même, j'ai bien le droit de faire ce que je veux ! Tout le temps, tout le temps, dépendre des autres, de vous. Mais vous allez me laisser tranquille, à la fin ! Vous allez me laisser vivre, non !

m'emmerde, je me disais tout bas, m'emmerde quand il est comme ça,

— Me dire ce que je dois faire, et ce que je dois manger, et quand je peux sortir... Vous devriez, vous devriez... Je suis grand, vous savez, j'ai l'âge d'être votre grand-père et j'ai commandé des tas de gens dans ma vie, alors arrêtez de me dire ce que j'ai à faire,

et comme il n'entendait rien venant de la chambre il a répété plus bas :

— C'est vrai, ça, arrêtez, tous.

Il allait se calmer, comme toujours, en regardant la télévision ou bien le port à la longue-vue. Vu les programmes du dimanche matin, il regarderait probablement dans sa lunette. Au début j'avais cru avoir affaire à un vieux libidineux qui observait les filles en maillot de bain, mais en définitive il semblait vraiment regarder les allées et venues des bateaux – les arrivées ratées le faisaient ricaner et compensaient l'amertume qu'il avait à voir ceux qui partaient en mer.

Il en avait pour un petit moment. J'avais bien mérité d'ouvrir le placard aux papillons. Je me suis assise par terre sur la moquette. J'ai sorti les tiroirs verticaux du bas, que je n'avais pas encore eu l'occasion de voir. Un large, tout noir, immense, des petits, jaunes, Thaïlande. Ko Samet, l'île aux papillons. Le fond du placard était humide et l'étiquette commençait à moisir. J'ai été chercher du papier toilette pour colmater la fissure du mur. Je l'ai glissé sous la tapisserie du fond du placard. Puis j'ai gratté de l'ongle les petites taches vertes sur l'étiquette sépia.

J'ai dû siffloter. Souvent quand je bricolais quelque chose, je sifflais entre mes dents.

— Vous vous prenez pour qui ?

J'ai sursauté.

— Je ne sais pas ce qui m'a pris...

— Refermez ce placard immédiatement.

J'ai poussé la porte brusquement et je l'ai verrouillée d'un tour de clé. J'étais très gênée. Je ne pouvais pas nier. Je me suis sentie raide, accroupie devant lui comme une écolière. Il me toisait. J'avais les mains moites. Jusqu'alors c'était toujours lui qui me sollicitait, et j'étais en position de supériorité par rapport à lui. Mais il m'avait donné un ordre auquel j'étais obligée d'obéir.

— Qu'est-ce que vous cherchez dans mon placard ? De l'argent ?

— Non, ce n'est pas du tout ça...

— C'est quoi, alors ? Que se passe-t-il, Claire, depuis quelque temps ? Vous devenez étrange.

— Je crois que je suis fatiguée.

— Prenez des vacances. Vous serez remplacée une semaine.

En fait, il n'était pas furieux, il était pire : compréhensif. Il avait exactement le ton que les infirmières avaient avec les vieux, la façon de parler d'Isabelle Le Hanff quand elle s'adressait à Anne-Louise. Le ton patient qu'on emploie avec un fou, un malade, un enfant. Ou un vieillard.

— Et vous pouvez garder le papillon que vous m'avez pris l'autre jour, même si j'aurais préféré vous le donner moi-même. Tant que vous ne me prenez pas ceux qui sont au mur, je m'en fous. Ceux du placard, c'est ceux que je commande sur catalogue, des papillons venus d'ailleurs, que je n'aurais jamais pu attraper. Je les range parce qu'ils ne m'apportent jamais le même plaisir que ceux que je chassais. Ceux que j'ai poursuivis moi-même, je les connais, je les ai vus vivants, et je me souviens de la capture de chacun d'entre eux. Ce sont ceux-là qui sont exposés sur les murs de la maison. Mais aujourd'hui, qu'est-ce que je pourrais attraper ? Des papillons suicidaires, qui viendraient d'eux-mêmes dans mon filet ! Je n'en ai plus la force, ni même la vue pour ça. Alors je les achète. Mais ce n'est pas pareil.

Il s'est lancé, les *Apollon* en altitude, la couleur d'écorce à l'extérieur qui laisse voir un bleu vif en vol, la palpitation du corps qu'on tient entre les doigts, et je m'en foutais un peu, de ses discours, mais c'était le prix à payer pour qu'il oublie mon indiscrétion.

Je m'en voulais terriblement. Il n'allait plus me lâcher à présent.

Je ne pourrais plus fureter dans ses affaires.

Je lui ai préparé son repas de midi en me maudissant, en le détestant tandis qu'il continuait à s'extasier sur ses *lépidoptères*. Je nettoyais la salade, le visage penché au-dessus de l'évier, la mine renfrognée. Il continuait à me raconter les *aberrations* naturelles de certains spécimens, les *ocelles* de celui qu'il avait capturé qui étaient comme des *larmes sanguinolentes*, mais il me scrutait du regard. Les bouts frêles et verts se détachaient du corps des haricots avec de petits bruits secs. Le papillon emprisonné gigotait dans son filet, et moi j'étais gênée d'avoir dérogé à ma conduite irréprochable. Quinze ans de carrière, pas un vol, pas une parole en trop, et voici que je m'étais égarée à cause du placard d'un vieux fou. Chez Alice, je pouvais, elle ne voyait quasiment plus, mais chez Hugo, je n'aurais pas dû. Il pouvait me faire renvoyer, et c'était la fin de ma tranquillité savamment construite. Plus je réfléchissais, plus j'étais furieuse, contre moi, contre lui.

Au bout d'un moment, voyant que je ne l'écoutais plus, il s'est tu. J'ai disposé sur un plateau sa salade chinoise et ses haricots verts, je l'ai recouvert d'un papier protecteur et rangé au réfrigérateur. Avant de sortir de la pièce, je me suis retournée vers lui. Ses yeux ont semblé me dire la douleur, le reproche, et peut-être un peu de connivence, ou peut-être un pardon, une sorte de remerciement d'être là pour m'occuper de lui. Je n'ai pas pu m'empêcher de lui sourire. Il n'était que la moitié de ce qu'il avait été, il ne fallait pas souffler trop fort ou c'était lui qui s'envolerait.

J'ai pris la route côtière, en pensant à son jardin secret de papillons prisonniers. Pour une fois que j'avais vraiment envie de quelque chose, un de mes vieillards voulait m'en empêcher. J'avais une envie irrésistible d'y retourner. Je voulais qu'il s'endorme.

Je voulais être libre de regarder tout ce que je voulais voir. Après tout, je faisais suffisamment d'efforts pour eux, je leur consacrais ma vie, ils pouvaient bien partager un peu. C'était un échange, finalement. Je leur donnais toute une partie de mon temps, mais je prenais le leur, matérialisé dans un objet, un souvenir.

A la radio, on proposait d'envoyer des poèmes par téléphone « à ceux que vous aimez », « un poème sur un simple coup de fil », l'exemple donné par la publicité était « je pense à toi une fois par jour, et cela dure vingt-quatre heures ». Superbe poème en effet. Je pourrais l'offrir à l'homme rencontré à moitié saoule sur le parking d'une boîte ringarde, s'il me rappelait entre deux bricolages de voitures de célibataires.

J'ai pensé retourner chez Hugo à la nuit.

Il ne fallait pas que je le fasse. Il fallait que je pense à autre chose.

Mais à quoi ?

Il n'avait pas appelé.

Je m'en étais douté.

On m'annonçait que le baromètre était en hausse comme si ça devait changer ma vie. J'ai coupé la radio et je suis descendue en voiture sur la plage à marée basse. Il était tard, il n'y avait quasiment plus personne, j'ai pu rouler tout près de la mer et je suis peu à peu redevenue moi-même. J'ai arrêté la voiture face au large. Les rochers verdâtres qui allaient jusqu'au Fort Bloqué étaient entièrement à nu, permettant aux promeneurs de longer ses remparts. On racontait qu'une sorte de Barbe-Bleue avait habité là dans les années trente, et qu'il logeait des renards dans les douves pour y garder ses femmes – les tenant éloignées de la vie. Depuis, le fort avait été racheté par un couple de vieux Néerlandais. Ceux-là étaient tenus hors du monde aussi, comme tous les vieux, mais ça ne gênait personne. Peut-être ne connaissaient-ils pas l'histoire. Personne du coin ne le leur aurait dit, en tout cas. Personne n'aurait acheté.

J'ai repris ma petite vie tranquille. Ma chienne de vie de chienne de compagnie.

Et puis un soir le téléphone a sonné. Il voulait que j'aille au port mais je n'ai pas accepté, je n'y étais pas allée depuis si longtemps. J'avais peur, On n'est jamais trop prudent. Il a compris, je crois. Il m'a invitée à déjeuner le samedi suivant.

8

Sa main était posée tout près de la mienne sur la nappe damassée. Son pouce caressait sans cesse le bout de son index, et sans cesse, mes yeux revenaient s'y poser : la seconde phalange, celle qui portait l'ongle, était toute petite, comme un pouce d'enfant. J'avais toujours du mal à regarder quelqu'un dans les yeux quand je ne le connaissais pas bien, mon regard dérivait toujours. Là, il était comme aimanté par l'étrangeté de ce doigt minuscule tordu vers le ciel.

Nous étions à la Villa Margaret, l'ancienne amirauté transformée en restaurant où je n'étais jamais allée auparavant, alors que ça n'était qu'à cinq cents mètres de chez moi. Plutôt que de prendre la route, nous avions marché le long des deux plages pour atteindre la villa rouge au toit d'ardoises cachée derrière la falaise. Peu de gens venaient ici, sinon pour des déjeuners d'affaires. L'endroit se voulait chic. Il faisait encore assez doux pour qu'on mange dehors, et nous avions une petite table pour deux, à l'écart, dans le jardin qui donnait sur le port de plaisance. La lumière était grise et jaune. Les bateaux tiraient sur leurs chaînes comme des chiens enragés. Il ne restait plus, à part nous, qu'une table de quatre dont le pousse-café s'éternisait dans une fin de négociation.

Quand il m'avait appelée, j'avais hésité à répondre à son invite. A quoi cela rimait-il, qu'aurais-je à lui dire ?

J'avais accepté pour gagner du temps. Je pourrais toujours annuler si je finissais par décider de ne pas y aller. Ou même ne pas m'y rendre du tout, sans prévenir, ce serait tout aussi éloquent. Il s'en est suivi quelques jours de torture mentale où je suis passée de la lâcheté absolue à la rêverie enfantine, puis au cynisme désabusé. C'est quand je me suis dit qu'une occasion de ce type était peut-être la dernière, le nombre d'hommes qui se retournaient sur moi dans la rue diminuant d'année en année, que je me suis décidée à y aller, une bonne fois pour toutes.

Au moins pour voir si je ne ratais rien.

Il s'appelait Olivier, il était journaliste aux Nouvelles de l'Ouest, il habitait en ville dans un studio face au Royal. Il devait donc vivre seul. Il avait deviné dès la première fois que j'étais dans le milieu médical, en voyant la sacoche sur la plage arrière. Journaliste, donc. J'avais prévu de dire que je travaillais en hôpital, je trouvais que ça faisait mieux, mais il m'avait devancée.

Il avait les yeux brillants, le sourire clair. Je répondais le moins possible, essayant de faire paraître mon peu de conversation pour du mystère. J'avais l'impression de ne plus savoir faire ça, me faire draguer au restaurant par quelqu'un que je ne connaissais pas du tout. Je trouvais ça aussi déplacé que de rencontrer un homme en boîte de nuit à mon âge. Mais une autre partie de moi s'amusait à le voir se décarcasser pour trouver des sujets de conversation, faire attention à ses manières, me présenter son meilleur profil. C'était à eux, de nous faire des avances, à eux, de nous inviter à danser, à eux, de prendre des vestes. Ils n'avaient pas toujours le meilleur rôle. On voulait nous faire croire que les femmes pouvaient avoir le pouvoir, alors que c'était faux, et bien, ils n'avaient qu'à garder leurs privilèges, y compris celui d'avoir l'air idiot en nous faisant la cour. Je le regardais en entomologiste. Parfois j'écoutais à peine ce qu'il me disait. Je devais de temps à autre répondre à côté, mais il ne semblait pas s'en formaliser. Une copine m'avait dit un jour, De toutes façons, tu n'as pas d'illusion à te faire, un mec qui t'invite au restaurant ne pense qu'à une chose pendant tout le repas : te sauter. Ça m'avait choquée. Aujourd'hui cela me faisait plutôt rire. Est-ce qu'il y pensait en ce moment ?

Mais il m'a posé des questions sur mes vieillards, l'air vraiment intéressé. Au moins je connaissais mon sujet. Je lui ai parlé d'Alice et de ses lectures, en faisant semblant de connaître tous ces auteurs par cœur, mais ce n'est pas ça qu'il voulait savoir, il m'a demandé des précisions sur elle et mes autres clients.

— On ne dit pas patients ?

— Eh non, patients, c'est pour les médecins, les infirmières, pas pour le petit personnel...

— Et alors dis-moi, qu'est-ce qu'ils ont, tes vieillards, comme tu dis, comment ils le voient, qu'ils ont besoin d'une aide...

— Ils le voient parce qu'ils ne peuvent plus rien faire tout seuls et que leurs proches, s'ils en ont, ont envie de vivre leur propre vie... C'est pour ça qu'on dit auxiliaire de vie...

Alors je lui ai raconté. Les cinq sens diminuaient, dans le désordre, souvent c'était l'ouïe d'abord mais pas toujours. Quelquefois la vue, comme Alice. Il n'était pas stupide comme la plupart, il n'a pas sorti une platitude ou une blague pour s'en sortir, il n'a pas essayé de parler de courage ou d'inéluctable, non, il a juste écouté. Et il m'a dit que ça ne devait pas être facile, et je n'ai pas su s'il parlait de moi ou d'eux, et je préférais ne pas savoir.

Et puis on a parlé à nouveau de l'odeur particulière des gares et de l'air qui y paraît plus transparent, des regards intérieurs des gens.

— ... J'imagine d'où ils viennent, qui ils sont, j'aime bien, par exemple, me représenter leurs visages quand ils étaient petits, leur inventer des vies.

Un sans-domicile n'est plus le même si tu essaies de l'imaginer enfant, dans les bras de quelqu'un...

— C'est drôle, quand j'étais petite, on habitait près du port, et j'aimais bien aller voir les bateaux un peu pour les mêmes raisons. Quand tu vois tout un équipage chinois aller au centre-ville en marchant à la queue leu leu, tu ne peux pas t'empêcher de penser à ce qu'ils ont laissé chez eux pour pouvoir travailler, la femme pour laquelle ils ont eu envie de sacrifier leur temps et qui ne sera peut-être plus là quand ils rentreront, la musique qu'ils écoutent quand ils ont le mal du pays, le souvenir qui les aide à tenir.

— Et toi, tu as des passions?

Drôle de question. Celle d'un collégien à sa correspondante anglaise. Alors que j'étais plutôt lancée. Et pourtant je n'avais pas de réponse. J'ai répété, ironique :

— Une passion?

— Une passion, dans la vie, quelque chose auquel tu te raccroches, ou au moins une occupation, je ne sais pas, un loisir...

— Les papillons...

Il a eu l'air déçu, et je me suis sentie aussi idiote que si j'avais répondu ma collection de timbres. J'ai enchaîné immédiatement sur les réseaux informatiques des collectionneurs les multinationales, les bourses où l'on vendait les spécimens aux enchères, les connexions partout dans le monde, les élevages de papillons géants en Papouasie, les cours fixés à la

Bourse de New York... Finalement, Hugo avait bien fait de m'en rebattre les oreilles.

— Il devient un lien entre un chasseur papou et le médecin français à l'autre bout du monde, il traverse le globe tout entier pour les réunir...

Je m'inventais autre. Il avait l'air séduit. Je ne sais pas s'il était convaincu par mes envolées, mais si ce n'était pas le cas, il jouait bien. Ou alors il se disait que j'étais complètement illuminée. Ce qui n'aurait pas été complètement faux. J'étais exaltée, par le déjeuner, l'inattendu, le rosé frais, ou l'orage qui menaçait. La lumière était devenue électrique.

Il m'a dit qu'un battement d'ailes de papillon à Paris peut provoquer quelques semaines plus tard une tempête sur New York, et j'ai fait semblant de n'en rien savoir, pour ne pas couper son élan, j'ai ouvert de grands yeux, comme si j'entendais cette histoire pour la première fois.

— ... C'est très simple, l'infime variation d'un élément s'amplifie, s'amplifie, jusqu'à provoquer des changements énormes au bout d'un certain temps...

J'aimais le voir parler, s'emballer, accompagner les mots de ses mains, comme un chef d'orchestre. Au poignet, il avait une montre de sport.

— Le battement d'ailes à Paris va engendrer un petit changement sur l'Atlantique, qui va nous affecter, nous, puis nous allons à notre tour affecter le monde. Et ce n'est pas seulement vrai pour les changements climatiques, c'est un modèle mathématique, il peut s'appliquer à tout. A nous, même...

Je fixais son pouce. Je n'écoutais plus vraiment.

— Par exemple, quelqu'un peut entendre ces mots, et cela peut ne rien lui faire du tout, mais ça peut aussi lui faire quelque chose, le faire réfléchir, le pousser à agir différemment par exemple, et c'est tout le cours des choses qui s'en trouvera transformé.

J'ai regardé la table des quatre voyageurs de commerce. Je doutais de leur capacité de changer le monde, autant que de la mienne. Le battement d'ailes du papillon était une vaste supercherie, sauf peut-être en météo. Mais ses yeux rayonnants, son bel enthousiasme, ses mains puissantes – ce pouce comme un aileron de requin, me donnaient subitement envie d'y croire. Je n'avais pas discuté comme ça avec quelqu'un depuis longtemps.

Il a fini par surprendre mon regard sur ses doigts. Il a eu l'air gêné, mais il a continué, d'une voix moins assurée :

— Tout est une question de temps, en fait, plus que sur l'espace, l'effet papillon repose sur la durée.

Je me suis impliquée à nouveau dans la conversation, cette fois pour le séduire. J'avais envie de voir jusqu'où il irait. Alors j'ai ramené la conversation sur les vrais papillons et j'ai poursuivi sur la poudre qui reste sur les doigts quand on les manipule, les ailes multicolores qui sont faites de milliers d'écailles, le thorax qu'on épingle, la lumière du soleil qui efface les couleurs, et puis les boîtes en bois et en verre absolument hermétiques, pour ne pas que les autres insectes les mangent. Le temps qui les menace, et la collection qui tente de les sauver.

Plus je parlais, plus j'étais convaincue par ce que je disais, et plus j'avais l'impression que tout ceci était moi.

Mon regard dérivait moins. Je ne lui mentais pas. J'étais devenue, l'espace de notre conversation, spécialiste des papillons, comme Hugo, et ça marchait. Alors que nos regards se croisaient sur son pouce, il s'est senti obligé de m'expliquer :

— C'est étrange, non ? Je me suis blessé le doigt à l'âge de cinq ans, et depuis il est resté à la taille qu'il avait alors.

C'était à la fois difforme et innocent.

— On était au cinéma, et en me relevant mon doigt s'est pris dans le mécanisme du strapontin. Je me souviens encore de la douleur. J'étais tellement heureux, j'avais adoré le film, je me relève sourire aux lèvres et là, une douleur aiguë vient tout recouvrir.

— C'était quoi, le film ?

— Les Aristochats. La dernière phalange de mon pouce n'a jamais grandi depuis. Il a l'air ridicule, non ?

Il le regardait comme s'il ne faisait pas partie de lui. C'était comme une partie de son enfance restée intacte. J'ai pris sa main entre mes doigts et l'ai regardée plus attentivement. De l'autre côté de l'ongle, sur la face interne du pouce, la spirale qui en forgeait l'empreinte était barrée d'une cicatrice.

— Non, il est juste bizarre, on dirait un pouce nain. Un Tom Pouce.

Quelques gouttes de pluie sont tombées, mais je n'y ai pas prêté attention. Il a tenté de retirer son doigt, mais j'ai resserré mon emprise. Le vent forcissait, les voiles claquaient sur les bateaux qui gémissaient. J'ai eu l'envie soudaine de ramener ses doigts vers mon visage, jusqu'à sentir l'odeur de sa peau, les mettre dans ma bouche en le regardant dans les yeux, goûter son pouce, lécher le pourtour de son ongle et sa cicatrice droite comme une signature, manger le bout de ses doigts qui devait être un peu sale. Il a surpris mon regard, il avait l'air à la fois étonné et un peu effrayé.

— J'en suis assez complexé, en fait, et je n'en parle jamais. J'essaie de le cacher.

Sa main a réussi à s'échapper comme une petite créature qui rejoint sa tanière. Les hommes d'affaires attablés plus loin se sont levés de table à cause de la pluie qui tombait de plus en plus. Ils se sont mis à courir. Ils tenaient leurs pardessus au-dessus d'eux pour se protéger.

On aurait dit qu'ils avaient perdu leurs têtes.

Olivier me mangeait des yeux.

J'ai fait semblant de ne pas m'en apercevoir. Je me suis levée et je suis partie à grands pas vers l'intérieur du restaurant.

Nous avons couru jusqu'à chez moi à travers la plage. Je suivais sa silhouette, voûtée sous la pluie, le sable mouillé ralentissait nos pas, l'odeur de la marée devenait plus puissante, l'averse martelait la mer, les poissons devaient s'affoler sous l'orage. Tout à coup il s'est retourné vers moi et s'est arrêté, il m'a embrassée, nos visages étaient mouillés, cela n'a duré que quelques secondes, je lui ai dit que j'étais très pressée, nous sommes repartis en courant vers le parking, pliés en deux avant de nous engouffrer dans nos voitures. A l'abri, il m'a fait un signe de la main. J'ai démarré. Je n'avais pas beaucoup de temps devant moi, Rose devait m'attendre.

La voiture a roulé le long de la mer, dans la lumière gris foncé et vert pâle, les nuages couraient aussi vite que les images dans ma tête. Plus j'allais vers les terres et plus il pleuvait.

9

Chez Rose et son frère, je ne pourrais sans doute jamais vraiment farfouiller, parce qu'ils étaient deux et qu'ils étaient encore valides. Cela m'ennuyait. J'avais désormais pour mes autres clients une tendresse de possesseur.

Rose et Gwenaël vivaient dans la maison qui avait appartenu à leurs parents et qui n'avait pas changé depuis le siècle dernier. Sur neuf frères et sœurs, trois s'étaient retrouvés célibataires et s'étaient occupé de leurs parents jusqu'à leur mort. Quand Louise, la plus jeune (quatre-vingt-huit ans quand même), était morte à son tour l'année précédente, Rose et Gwénaël avaient été obligés de demander de l'aide à la commune. La maison devenait sale, Rose ne voyait plus la poussière. Je venais deux fois par semaine depuis un an. Gwenaël (quatre-vingt-seize ans) et Rose (quatre-vingt-quatorze) avaient la même vitalité obstinée, et mettaient un point d'honneur à transporter du bois, faire la cuisine dans des plats en fonte et cultiver leur potager été comme hiver, ce qui fait qu'ils s'écorchaient, se brûlaient, se coupaient en permanence. Ils vivaient en vieux couple, et à les voir se parler, se regarder, s'entendre parfois (ils étaient tous les deux sourds comme des pots), on pouvait jouer, comme Olivier, à deviner comment ils étaient quand ils étaient petits. Ils n'avaient pas dû beaucoup changer. Leurs yeux bleus et ronds devaient être les mêmes à six ans et à cent, avec la même lueur d'intérêt pour vous, la même curiosité pour le monde, la même confiance.

Peut-être que, quand je serais vieille, réduite à rester dans mon studio vide en bord de mer, et que je penserais à ma disparition, j'aurais le même regard clair. Mais pour cela, il fallait sans doute faire des gâteaux à longueur de temps et habiter avec son frère, et je n'avais pas de frère.

Rose était une fois de plus couverte de farine, sur les mains, les avant-bras, et tout le long de son tablier. Sa cuisine ressemblait alternativement à une grotte de sorcière ou à la salle des sciences d'un lycée. Au milieu, elle était comme une des marraines de Cendrillon, et j'allais devoir nettoyer la cuisine du carrelage mural aux poignées de porte. Le carrosse, ce serait pour plus tard. En l'époussetant des pieds à la tête avec un torchon, et comme je venais d'en parler avec Olivier, j'ai fait le compte de ses facultés. Sa vue avait tellement baissé qu'elle ne distinguait plus les moutons de poussière qui couraient sur le plancher.

Elle n'avait plus du tout d'odorat, ce qui était pénible à cause de l'odeur des chats, et inquiétant à cause de celle du gaz, qu'elle laissait ouvert sans s'en apercevoir. Perdre l'odorat, c'était ne plus s'apercevoir de sa propre odeur, non plus – odeur de peau, odeur de sueur, odeur de pet. Le goût était probablement son sens le moins atteint. Rose n'entendait plus l'horloge en bois foncé qui égrenait les heures depuis au moins cent ans, en sonnant les quarts et les demi-heures, ni ses deux tic-tac, un lent et un hâté, qui semblait tenté de rattraper l'autre. Aller chez Rose était pour moi un voyage dans le temps, une parenthèse. J'oubliais le dehors. J'étais hors présent, hors soucis, hors d'atteinte.

Nous étions samedi, je lui ai donné son bain. Elle mesurait un mètre quarante-huit, j'avais l'impression de baigner une fillette. Je la lavais à l'éponge, qui glissait sur sa peau transparente, ses veines, son squelette apparent, comme sur un mannequin de plastique destiné à enseigner les parties du corps humain. Ses muscles n'étaient pas relâchés comme ceux des autres, son corps était sec et fripé, mais sans chairs qui pendent. J'étais à genoux contre le bord glacé de la baignoire, et elle me soufflait son emphysème à l'oreille. Même les murs de la salle de bains étaient couverts d'une tapisserie chargée. Une araignée tissait sa toile tranquillement dans un coin de la pièce.

Elle ne semblait plus gênée de se montrer déshabillée devant moi. Pourtant j'étais probablement la seule, avec sa mère, à l'avoir jamais vue nue. Son corps était léger et pâle dans l'eau du bain.

— ... j'aurais voulu partir habiter en ville, je me voyais entrer dans un hôtel une valise à la main, et demander la chambre qu'on m'aurait réservée...

— Mais vous auriez fait quoi, Rose, vous aviez un métier ?

— J'aurais vendu des produits de beauté, ou des médicaments... Sur le journal télé, il y avait une page de réclame pour des cours par correspondance, pour apprendre des métiers comme... éleveur de chien, ou esthéticienne, et moi ce qui me faisait rêver c'était visiteuse médicale, tu comprends, j'aurais eu ma propre voiture, et j'aurais été en route toute la semaine, d'hôtel en hôtel, un peu comme une chanteuse.

— Et Gwenaël et Louise, alors, vous en auriez fait quoi ?

— Comment ?

— ET GWENN ET LOUISE ?

— Ah, mais le week-end, je serais rentrée ici, m'occuper d'eux, et puis des parents quand ils étaient là. Peut-être même qu'avec cet argent-là, on aurait pu soigner maman différemment. Elle serait peut-être encore là aujourd'hui.

Sa mère aurait eu cent vingt ans, au bas mot.

— Alors je restais là, et pendant que les autres regardaient un film, je rêvassais devant le journal, mais je ne l'ai jamais fait, je n'ai jamais renvoyé le petit coupon qui aurait peut-être changé toute ma vie... Dites-moi, tant qu'on y est, vous ne voudriez pas me couper les ongles de pied ?

J'avais horreur de ça.

— Gwenn pourrait le faire, mais vous le faites tellement bien, vous. Lui, j'ai toujours peur qu'il me coupe. Quelquefois, il me fait mal, vous savez, avec sa mauvaise vue et ses doigts pleins d'arthrose... Vous, vous avez les mains douces...

Elle me complimentait pour que je ne refuse pas. J'ai soupiré et attrapé le nécessaire à manucure.

— Ça peut pas attendre samedi ?

— Non.

Catégorique.

— Allons-y, alors, Rose, donnez-moi vos pieds.

— C'est vrai, vous, vous êtes championne, hein, ça on peut le dire...

Oui, c'est ça, championne du monde de la coupe des ongles de pieds ! C'est ma spécialité ! Ses ongles étaient durs comme du bois, je devais m'y reprendre plusieurs fois pour les couper avec les petits ciseaux, parfois les bouts de corne sautaient en l'air tellement ils étaient durs et secs, et il fallait que je les rattrape pour les mettre dans la poubelle au pied du lavabo. Je devais tellement forcer que la boucle des ciseaux imprimait une marque rouge sur mon pouce.

Clac, clac.

Quand on est mort, il paraît que les ongles et les cheveux continuent de pousser. Pour le corps embaumé de Lénine, par exemple, ils avaient embauché quelqu'un pour lui couper la barbe et les ongles, dans son mausolée.

Clac, clac.

Le champion russe, sans doute. C'est vrai que c'était pas la peine de l'avoir embaumé si c'était pour qu'il ait les ongles longs et torsadés comme un mandarin du Guinness Book des records. Curieux travail, Que faites-vous dans la vie ?, barbier de Lénine mort.

— Je sais bien que je suis vieille et plus très ragoûtante, et vous voulez que je vous dise, Claire ? Et bien maintenant, je m'en fous ! Enfin je suis arrivée à un âge où je n'ai pas à être coquette pour plaire, ou je sais pas quoi, et j'en suis bien contente ! Vous savez le jour où j'ai réalisé ça, c'est quand j'ai arrêté de me faire des shampooings colorants. Ça, on peut dire que ça a été une libération, parce que vous connaissez pas encore ça, mais rester avec un produit poisseux et froid sur la tête pendant des dizaines de minutes à attendre que ça se passe, je peux vous dire que ça n'est pas agréable !

— Et puis vous avez de si beaux cheveux, tout blancs, comme ça...

— Comment ?

— ET PUIS VOS CHEVEUX SONT BIEN, TOUT BLANCS COMME ÇA !

— Oui... A qui plaire, de toutes façons, je vous le demande... J'ai pas de mari, et je suis comme toutes mes copines, au club du lundi, qu'est-ce que vous croyez, on est que des bonnes femmes, sauf que j'ai pas eu à le perdre, le mien, de mari ! Parce que toutes, qu'elles l'aiment ou qu'elles l'aiment pas, ils ont dû y passer, et elles étaient pas prévenues ! Alors mariées, pas mariées...

— Dans ce cas-là, on n'aimerait jamais personne de peur de le perdre, ce n'est pas sensé ce que vous dites là, Rose...

— Non, aimer, ce n'est pas pareil...

— Allez, dites-moi, vous avez déjà été amoureuse ?

— Ah, ça, je vous le dirai pas ! Ça, c'est secret !

Elle prenait un air espiègle, comme si elle avait des choses à cacher.

— Même Gwenn le sait pas ?

Son visage s'est fermé.

— Il sait certaines choses, si. Et pour cause.

Son frère ou ses parents avaient dû s'opposer à tel ou tel homme, coup classique à la campagne. Même ses secrets étaient lisses.

Nous avons longé les armoires en bois sculpté qui peuplaient la maison, sur lesquelles Rose avait placé des bouquets d'immortelles d'un jaune passé qui embaumaient une odeur poudrée. Dans la cuisine, Gwenaël, qui était rentré une fois l'orage passé, était assis sur une chaise en paille et se chauffait les mains aux flammes bleues de la cuisinière à gaz tout en regardant du patinage artistique. Les commentaires à deux voix couvraient les tic-tac de l'horloge de la cuisine. Des couples moulés dans des tissus criards se lâchaient les mains pour mieux se rattraper, avec une aisance presque surnaturelle.

Comme d'habitude, Rose m'a raccompagnée jusqu'à ma voiture malgré mes protestations. Elle était toute courbée, comme si les années s'étaient posées sur son dos, et elle avançait à pas précautionneux, posant ses pieds l'un devant l'autre comme ces petites filles qui font de l'équilibre sur le bord des trottoirs et ne veulent pas s'écarter d'une ligne qu'elles seules sont capables de voir. Quand je l'ai regardée se perdre dans son jardin aux delphiniums, plus petite qu'une feuille dans le rétroviseur, j'ai su que je n'aurais plus le même intérêt pour elle, ni peut-être la même affection, juste parce que contrairement aux autres, tout ce que je connaissais d'elle, c'était elle qui me le laissait voir, elle qui m'autorisait à le savoir. Ce dont j'avais besoin désormais, c'étaient des secrets, des souvenirs cachés ou oubliés, j'étais devenue une voleuse de mémoire et de vie. La sienne était sans aspérité, rien n'était vraiment caché, et au fond je ne lui étais pas vraiment nécessaire, elle n'avait pas besoin que je pense pour elle. Je ne pourrais pas m'approprier sa vie.

A quinze kilomètres de là, Anne-Louise était elle aussi devant la compétition de patinage à la télévision, et c'était comme si les sportifs avaient été payés pour amuser mes vieillards à distance. Assise dans le canapé, elle balançait ses jambes dans le vide, comme une petite fille. Ce jour-là, c'était son anniversaire, je lui avais acheté des petits chocolats fourrés. Le temps que je pose la monnaie sur la table, elle avait déjà ouvert la boîte et le papier sulfurisé, ses boucles d'oreille tremblotaient sous cette agitation.

— Hopopop, Anne-Louise, attention ! Ne les mangez pas tous à la fois !

Elle a ri. Elle en a choisi un avec soin, a ôté le petit papier doré qui l'enveloppait, et me l'a tendu. J'ai pris le chocolat poisseux et l'ai mis dans ma bouche. Ils étaient délicieux. Elle en a mangé un autre, puis m'en a tendu un. Sa bouche et ses doigts étaient déjà couverts de chocolat. J'ai déplié le journal, j'ai commencé par lui lire une recette de cuisine pendant qu'on se régalait. Au fil des temps de cuisson, de plus en plus de papiers d'aluminium colorés jonchaient la table, roulés en boule près de la radio. Elle m'offrait un chocolat sur deux, entre deux bouchées. Elle n'avait pas l'air de m'écouter. Je suis passée aux faits divers.

— *Un jeune homme de vingt ans a été retrouvé mort à la fin d'une rave-party samedi soir. La cause reste indéterminée, même si une surdose d'ecstasy a été évoquée...*

Elle ne devait comprendre qu'un mot sur deux, mais ça n'avait pas l'air de la déranger, elle était tout entière absorbée par l'ouverture précautionneuse des volets de papier blanc. Elle semblait surprise à chaque fois, et saisissait alors deux chocolats d'un air gourmand, avant de refermer la boîte à nouveau. C'était un cadeau sans fin, sans cesse renouvelé. Ouvrir, refermer, manger. Elle ne disait rien, elle était tout entière dans le plaisir du moment. Anne-Louise était bloquée dans le présent. Un présent à elle. Hier ou demain ne signifiait plus rien. Un anniversaire, ça ne voulait plus rien dire. D'ailleurs, ses enfants n'étaient pas venus, comme je m'y attendais.

Quand la boîte a été vide, elle m'a regardée avec inquiétude.

— Non, Anne-Louise, je ne vais pas aller en chercher d'autres, vous allez être malade, sinon.

— C'est pas ça... Dans la boîte je – pensais – retrouver – non, c'est impossible.

— Retrouver quoi ? Dites-moi.

— Le – printemps. Je ne me rappelle plus du – printemps.

Elle avait l'air de souffrir. Avec elle, toutes les émotions étaient exacerbées, tout le temps.

— Allons, ne vous faites pas de souci, n'y pensez plus... On est en automne déjà, c'est pour ça, c'est loin...

— Vous pensez que je suis punie ?

— Punie par quoi ?

— Par le ciel.

Elle se penchait vers moi comme si on risquait de nous entendre :

— Vous savez... J'aurais peut-être dû... Vivre différemment. Je suis plus gentille en vieillissant, mais je n'ai pas toujours été très – droite.

J'étais mal à l'aise du tour que prenait la conversation, et en même temps j'avais envie d'en savoir plus.

— Personne d'entre nous, Anne-Louise, c'est humain de faire des erreurs...

— Non mais moi, par exemple... J'ai trompé mon mari !

Elle avait le regard allumé, fier, provocateur. Il était impossible de savoir si c'était la sénilité qui lui faisait dire ça. Souvent sur la fin, avant la période pipi-caca, ils se mettaient à devenir obsédés.

— C'est vrai, ça, Anne-Louise, ou vous me faites marcher ?

— Enfin, pas trop quand il était vivant, hein, mais une fois – mort... Ça, moi, il me fallait un homme dans mon lit !

— Ce n'est pas grave, alors, si vous étiez déjà veuve...

Mais elle ne se préoccupait déjà plus d'avoir fauté ou pas, elle s'excitait toute seule, et comme toujours dans ces cas-là, elle m'appelait madame en disant « médème ».

— A quatre-vingt ans ! Oui, médème ! J'ai eu une relation avec le jardinier ! Ah ça, mes enfants, ils s'en sont doutés, et ils faisaient vilain, mais qu'est-ce que ça pouvait leur faire, hein ? Ils étaient mal placés, pour parler de la mémoire de leur père, au moins moi je n'ai rien fait de mal quand il était vivant ! Un jardinier, ancien pompier, bien fait, vous auriez vu ça !

Elle m'agrippait le bras et me faisait presque mal avec ses ongles, elle qui n'avait pas de force d'habitude.

— Venez, je vais vous laver les mains, regardez, elles sont toutes pleines de chocolat... Vous m'en avez même mis sur les bras...

Elle m'a suivie en trottinant, poursuivant :

— Et quinze ans de moins que moi, il avait, médème ! Vous vous rendez compte ? Ah ça, je m'en suis payé, du bon temps, avec lui, et je regrette pas, ah ça non, médème, je regrette pas ça...

Un temps.

— Mais vous croyez qu'on paie, vous ? Vous croyez que je suis punie ?

— Mais punie par quoi ?

— Par le ciel...

Elle continuait en boucle. Elle posait toujours des questions.

Pourquoi je perds mon chemin ?

Quelle année sommes-nous ?

Est-ce que vous me trouvez grosse ?

Comment compte-t-on le temps ?

Pourquoi les bonnes sœurs ont-elles toujours des lunettes ?

Autant de questions qu'un enfant, mais plus absurdes, et souvent plus bêtes.

Et puis, ce jour-là :

Est-ce que celle que je suis est la même que celle que je crois être ?

Et je devais lui donner des réponses. Je devais les lui répéter, autant de fois qu'elle me posait de questions. Et les répéter, l'une après l'autre, après l'autre, après l'autre... Jusqu'à ce qu'elle s'endorme.

J'ai passé la main devant son visage pour voir si elle dormait, puis je suis allée à pas de loup dans le petit bureau attenant à la chambre. Le secrétaire avait deux tiroirs, avec une clé d'un seul côté. Des papiers immobiliers. Le mari d'Anne-Louise était notaire, elle devait avoir gardé des contrats correspondant aux biens lui appartenant. Ils seraient bientôt à ses enfants. Aucun d'eux n'avait voulu se fâcher avec elle tant qu'elle était encore consciente, pour ne pas mettre en danger sa part d'héritage, et puis plus tard ils n'avaient pas réussi à se mettre d'accord. Sa fille Marie-Luce (un jour je demanderais à Anne-Louise comment elle avait pu choisir un prénom pareil) pensait qu'elle allait être encore plus perturbée si on la mettait dans une maison de vieux.

J'ai glissé la clé dans l'autre tiroir. Elle ne l'ouvrait pas. J'ai forcé un peu. Impossible. J'ai cherché sur le bureau une autre petite clé. J'ai fait comme dans les films, j'ai crocheté la petite serrure à l'aide d'un coupe-papier. Facile.

Une décharge d'adrénaline.

Des notes, d'une petite écriture serrée et maladroite. Des pages et des pages de notes à l'encre bleue, sur des morceaux de papier de toutes sortes, des papiers à en-tête d'hôtels, des bouts de nappes de restaurant, des feuilles volantes, *Samedi 6 janvier 1990, restaurant Le Paradou, repas de famille, tous invités, belle journée ensoleillée.* Debout devant le bureau, j'ai étalé fébrilement les papiers devant la fenêtre. Les notes n'étaient pas rangées, les années se succédaient dans le désordre. Ce n'était pas un journal intime, plutôt des pense-bêtes. *Noël 1992, moment de partir, Eliane même pas merci, Jeudi 16 février 1989... se rappeler comme Jean-Pierre a été odieux concernant la vente de Marseille.* Certains ressemblaient à des conseils de psychologie à la petite semaine : *Rappelle-toi ce que tu as fait de bien dans ta vie, et sois-en fière, Ne t'apitoie pas sur toi-même,* et plus loin, *exercices de mémoire.*

Anne-Louise avait commencé à écrire pour ne pas oublier, elle s'était aperçue de sa mémoire défaillante et avait cru enrayer la maladie en écrivant tout.

Une mine d'or.

Des notes sur ses enfants, des photos commentées au crayon sur l'envers, pour se rappeler les noms, sur les photos les plus anciennes, les cousins les plus éloignés. Plus les photos étaient récentes et plus les explications concernaient aussi les proches, ses petits-enfants notamment. C'est vrai qu'elle en avait tellement, et qu'ils se ressemblaient beaucoup.

Il y avait même un calendrier en carton où elle avait noté toutes les visites de ses enfants. Etait-ce pour s'en souvenir? Pour ne pas les oublier au moment de rédiger son testament? Pour voir les plus zélés d'entre nous – eux et moi, même si je ne faisais pas tout à fait partie de la famille?

Une feuille avec la liste du dernier gouvernement, notée à la va-vite, sans doute pendant le journal télévisé. Comme si c'était aussi important que le nom de ses enfants. Comme si c'était important tout court, pour elle qui ne votait plus depuis au moins dix ans. Elle qui s'apercevait à peine du changement des saisons.

Le mode d'emploi de la télé et du magnétoscope, surligné en jaune, probablement par un de ses petits-enfants.

Des agendas, avec les jours barrés les uns après les autres en rouge. Juste pour connaître la date, apparemment, puisqu'aucun rendez-vous n'était marqué. Ils correspondaient aux premières années où j'avais travaillé pour elle. Elle perdait donc déjà la notion du temps.

Son adresse, marquée sur un bristol, et au dos, le plan du quartier. La peur de se perdre. D'abord géographiquement, puis de se perdre soi-même, ce qui ne manquait pourtant pas d'arriver.

Une feuille volante : « pourquoi je ne me rappelle que l'été 1963 en Italie? »

Il fallait que je me dépêche avant que la grosse Isabelle n'arrive. Mais je ne pouvais me détacher de ces bribes de vie éparses, qui n'attendaient que moi pour les réunir à nouveau. Il valait mieux que ce soit moi qui les trouve plutôt que ses enfants, ils ne l'aimaient plus vraiment depuis qu'elle ne les reconnaissait qu'une fois sur deux, ils ne sauraient pas qu'en faire, ils y jetteraient un œil et puis ils les jetteraient tout court, ou pire ils les brûleraient. Moi je leur donnerais l'attention qu'ils méritaient, ces petits bouts de papier qui résumaient une vie. Il leur fallait une archiviste ou une archéologue, quelqu'un qui connaîtrait leur valeur. Certains n'en avaient pas : billets de train, notes d'électricité, cartes d'électeur ou brouillons de lettres. D'autres en avaient d'emblée : lettres aux enfants, à l'amie du Nord dont elle m'avait déjà parlé, photos... Ceux-là étaient intéressants même pour un étranger, mais d'autres avaient un statut plus bâtard : sous leurs dehors fades, ils avaient peut-être un prix pour Anne-Louise, il fallait que je l'interroge avant qu'il ne reste plus rien de sa mémoire.

Des cartes postales, des lettres dont les inscriptions bleues s'effaçaient et qui disaient la douleur et l'amour, la désillusion et les tendresses. Les cachets de la poste faisaient foi de l'hiver 82 ou d'une rencontre dans le Midi. Des pans entiers de ce capharnaüm devaient déjà être inaccessibles à jamais, perdus dans les limbes d'un cerveau gâté : certains visages des photos, certains prénoms cités dans les lettres, certaines notes trop elliptiques dont même lucide elle ne pourrait se souvenir. Ou peut-être son oubli était-il comme une sélection de ce qui était digne d'intérêt et de ce qui ne l'était pas. Peu de moments étaient finalement matière à souvenir.

Une page de cahier remplie de tentatives de prières. « Je vous salue, Marie... » Ecrites vingt-cinq fois, des bribes de phrases dont elle avait oublié la suite. C'était étrange, je pensais qu'Anne-Louise n'était pas croyante. Au début où je m'occupais d'elle, un jour où elle avait fait un malaise cardiaque, l'infirmière venue lui faire ses piqûres lui avait demandé (avec un esprit d'à-propos remarquable...) : « Vous croyez en Dieu, madame Audouard ? » Et Anne-Louise, vieille Bretonne et femme de notaire, avait répondu qu'elle était athée depuis bien longtemps.

Pourtant, les mots se succédaient sur la page, « enfant béni », « fruit des entrailles », des images qui ne s'étaient pas effacées mais qu'elle n'arrivait plus à relier entre elles. Anne-Louise avait dû chercher un ultime recours auprès du bon Dieu, pour essayer par tous les moyens de ne pas perdre la tête. Elle s'était efforcée de retrouver les mots d'une prière qu'elle avait apprise dans son enfance et répétée cent fois, mille fois. Je l'imaginais petite, docile, assise à un bureau double à côté d'une amie en blouse à carreaux apprenant à lire, ou à dire les tables de multiplication imprimées au dos des cahiers de brouillon. Olivier avait raison, ces images-là révélaient des indices sur les gens, et j'imaginais la pauvre vieille soixante ans plus tard, tentant de déchiffrer la prière dans sa mémoire. Juste à côté gisaient ses efforts pour retrouver les paroles de « Nini peau de chien » – *A la Bastille, on l'aime bien Nini peau d'chien, elle est si bonne et si gentille ! Elle a la peau douce, aux taches de son, à l'odeur de rousse, qui donne un frisson...* Toute sa vie était là, en pièces, absurde, aussi absurde que le tiret qui unit les dates de naissance et de mort sur une tombe.

J'ai entendu une voiture. Isabelle Le Hanff était en train de se garer de l'autre côté de la rue. Elle m'avait probablement vue par la fenêtre. J'ai fourré les papiers dans le tiroir, et je l'ai refermé, mais je ne pouvais plus tourner la clé dans la serrure. La panique. Je ne pouvais pas rester plus longtemps dans la chambre, tant pis.

Anne-Louise n'était plus dans la cuisine. Je ne la voyais pas. Je l'ai appelée.

Dans la chambre, j'ai entendu un bruit. J'ai ouvert le placard. Elle était là, debout, au milieu des vêtements, se tenant du bras droit à la barre des cintres au-dessus d'elle, dodelinant de la tête comme dans un wagon de métro.

— Mais qu'est-ce que vous faites là, Anne-Louise ?

Elle m'a dévisagée comme une intruse.

— J'ai pris le bus.

Bien sûr.

— Qu'est-ce que vous voulez dire ?

— J'ai pris le bus, j'en avais assez d'être toute seule...

Et elle s'accrochait à la barre en fixant un point droit devant elle, comme si elle surveillait la route. J'avais beau avoir l'impression de la connaître, elle arrivait encore à me surprendre.

— Bon, on sort vite, maintenant. On rentre à la cuisine. A pied. Et n'allez pas raconter ça à Isabelle.

La porte du jardin a grincé. J'ai installé Anne-Louise à la table de la cuisine, en la bousculant un peu. Je suis ressortie au moment où la grosse dondon passait la porte d'entrée, et je l'ai accueillie les mains ouvertes devant moi, comme pour lui montrer que je n'emportais rien.

La grosse Le Hanff me regardait d'un air méfiant. Elle ne m'avait jamais aimée, peut-être parce qu'elle savait que j'avais les faveurs d'Anne-Louise alors qu'elle s'en occupait bien plus longtemps que moi chaque jour, ou parce qu'elle se disait que j'en voulais à l'argent de mes vieux, ou bien encore parce qu'elle trouvait étrange que je vive seule. En province on n'aime pas beaucoup les femmes qui ne se marient pas. Ce sont des sorcières ou des voleuses de maris.

Soudainement, je l'ai haïe, cette grosse au ventre proéminent et dégoûtant, à la figure rouge, à l'air soupçonneux, aux idées toutes faites et bien-pensantes, avec sa montre réglée cinq minutes en avance pour être sûre de ne jamais être en retard. Je n'avais rien fait de mal. Elle ne pouvait rien me faire. Elle n'avait pas de preuve. Et même si elle trouvait le tiroir ouvert, je dirais que c'était Anne-Louise, qui de toutes façons ne se rappellerait de rien.

Anne-Louise a repris :

— Dites-moi, est-ce que celle que je suis est la même que celle que je crois être ?

La grosse Le Hanff m'a lancé un regard lourd de reproches en disant :

— Oh la la, on fait de la philosophie ici, hein, Anne-Louise ? Pourtant on sait que ce n'est pas très bon pour ce qu'on a... Oh la laaa, et puis tous ces papiers de chocolats, partout ! Mais vous n'avez pas mangé tout ça, quand même !

Anne-Louise m'a regardée l'air apeuré, cherchant du soutien. J'ai dit :

— Non, je l'ai aidée un peu...

La grosse Le Hanff m'a considérée d'un air grave. Grosse vache. Toujours à juger les autres. Anne-Louise semblait affolée, je préférais quand elle prenait les remontrances de la grosse à la légère et qu'elle sortait de la cuisine en chantonnant : « Edmonde, Edmonde, quand son mari la gronde, Edmonde s'en fout. »

Je l'ai laissée en plan. Elle n'avait qu'à coucher Anne-Louise toute seule, si elle était si maligne.

Le soir, après un show de variétés où les vedettes se confondaient avec les personnages des pubs qui les avaient précédées (on les voyait juste un peu plus longtemps), je me suis couchée en pensant à Anne-Louise et à sa nébuleuse de souvenirs qui devenaient de plus en plus flous et risquaient de se perdre à jamais.

Mais l'image d'Olivier est venue se superposer au fourmillement lumineux derrière mes paupières. J'avais beau me dire qu'il ne fallait pas, son visage persistait à me sourire, cinq ans de contes de fées racontés tous les soirs à l'âge où on est la plus vulnérable, ça laisse des traces, *est-ce vous mon prince lui dit-elle, vous vous êtes bien fait attendre,* et je le voyais comme un nouveau visage à explorer et un nouveau territoire à scruter, à découvrir, à sillonner pour agrandir le mien.

Car elle était de race ogresse.

10

Alice était assise à la table de la cuisine, comme recroquevillée au-dessus de son assiette, les yeux dans le vague – il était difficile de savoir si elle était maintenant aveugle, puisqu'elle ne l'avouerait jamais. Elle me parlait du jour où elle avait rencontré son mari. C'était sans doute la centième fois, et pourtant ça ne me dérangeait pas, elle aimait tant raconter cette histoire, essentielle pour elle. M'en dire tous les détails, c'était se repasser en boucle un vieux film de famille en super 8. Peu à peu le souvenir était sans doute modifié par les récits qu'elle en faisait, jusqu'au point où, peut-être, ils étaient composés à moitié de réel et à moitié d'inventions. Mais le plaisir de revoir le visage d'Antoine était irrésistible, et si c'était le prix à payer, elle préférait altérer ses mémoires, comme elle s'était esquinté la vue à force de vouloir lire malgré sa cornée déficiente. Et moi, ça ne me gênait pas, puisque malgré les variantes, à chaque moment je savais où j'en étais. Je pouvais laisser mon esprit dériver et penser à autre chose en l'écoutant – mon esprit revenait sans cesse à lui – je n'y croyais plus, et c'était arrivé.

Je pouvais penser à Olivier, à ses mains sur moi, à mes hanches enlaçant les siennes.

Elle me racontait le ticket de bal, le pardessus gris, les grands yeux bleus à fleur de peau, les Jeunesses (communistes), la première danse, l'essence de muguet dont il se parfumait.

Sa bouche à mon cou, ses dents contre ma nuque, ses muscles, chauds, contre les miens. Vivants.

Le départ à la guerre, l'attente pendant cinq ans, la douleur, la peur, le poids. Les retrouvailles, le moment de stupeur, sa maigreur, le ré-apprentissage, ses doutes, sa force à elle.

Mes poignets maintenant les siens sur l'oreiller, le battement de son cœur dans ma poitrine.

Les choix qu'elle a faits à sa place, parce qu'il était encore trop faible, et qu'elle n'en pouvait plus d'attendre.
Et qu'il était temps.

Son regard dans le mien, cueillant ma jouissance, un éblouissement.

— Tu m'écoutes ou quoi ?

— Mais bien sûr, Alice. Vous voulez encore un peu de porto ? Ou du vin ?

— Du porto, je n'aime plus le vin.

Passé un certain âge, ils préféraient le sucré. C'était étrange, ces effets des années sur le goût : plus d'amer du tout, un peu de salé, et beaucoup de sucré, des bonbons, des crèmes, des gâteaux, des alcools doux. Même ceux qui n'avaient jamais aimé ça s'y mettaient.

— Mais tu penses à quoi ? T'es amoureuse ou quoi ?

Elle avait beau ne rien voir et ne plus entendre beaucoup, elle avait perçu quelque chose, une attention un peu moins soutenue que d'habitude.

— Vous savez bien que ça ne risque pas de m'arriver...

— T'as rencontré un jules.

Le ton était définitif, et quand elle utilisait de l'argot, c'était imparable. Il fut un temps où je lui racontais plus ou moins mes aventures. Elle était plutôt bonne conseillère. Chacune de nous y trouvait donc son compte.

Je lui ai tout dit. La coïncidence de notre rencontre, le repas à la Villa Margaret, l'averse, notre course sous la pluie jusqu'à chez moi à travers la plage. Et puis le soir où il était revenu.

Je me suis interrompue. Elle restait suspendue, recourbée au-dessus de la table, l'oreille attentive.

Mais je ne voulais pas continuer. Je lui ai essuyé ses yeux qui larmoyaient toujours, avec son mouchoir à carreaux.

Elle n'a rien dit, sachant que pour une fois, ses commentaires n'étaient pas bienvenus.

Et elle a repris ses histoires à elle, au fond ça l'intéressait bien plus, mais je ne lui en voulais pas, le temps de les raconter, en fermant bien les yeux qui ne savaient plus voir, qui n'avaient plus grand-chose à regarder, elle avait l'impression d'y être, à Essaouira en vacances avec lui, ou à la gare de notre ville détruite lorsqu'il était rentré d'Allemagne cinquante ans plus tôt.

— Qu'est-ce qu'il dirait s'il me voyait maintenant... Je suis moche...

Elle ne réalisait pas qu'il serait sans doute aussi décrépit qu'elle.

— Ouh, mon bras, ça fait mal...

— Pardon, Alice, je n'ai pas fait attention.

— Tu veux bien mettre le chauffage ?

— Il est mis, Alice. Il fait 26° dans la cuisine.

— Parfois je rêve qu'il est encore vivant, et quand je me réveille, quelle douleur de sentir le creux du matelas, à côté de moi... En ce moment il ne pourrait pas dormir, avec tous les orages qu'il y a. Il ne pouvait pas supporter ça depuis la guerre et les bombardements. Jamais de sa vie il n'a pu oublier, et quand il y avait un coup de tonnerre, il se réveillait en sursaut avec des sueurs froides, il ne pouvait plus dormir de la nuit.

La guerre, l'épisode majeur de leur mémoire commune. Mais il n'y avait qu'Alice que je croyais quand elle racontait ses actes de résistance. Elle devait en rajouter un peu, bien sûr, mais il y avait du vrai. Les autres arrangeaient leur histoire. A les écouter, tous avaient été des résistants de la première heure, même Rose et Gwenn à la campagne. Ils avaient sûrement changé de camp comme beaucoup d'autres, quand le vent tournait, par une lâcheté bien française, une envie nationale de ne pas éprouver de honte.

Hugo n'avait pas bien dormi, sa peau était grise comme le ciel. Lui aussi, il a vite remarqué quelque chose. Alors que j'étais en train de le raser dans la salle de bains aux petits carreaux blancs, il m'a dit :

— Vous avez l'air absent. Enfin, disons, d'une autre manière que d'habitude.

Il ne voulait être rasé qu'au coupe-chou, et j'avais dû apprendre à manier la lame. Elle crissait le long de sa peau fine et fatiguée, avec de petits gémissements de chiots à peine nés. Sa barbe était très clairsemée, il ne fallait pas insister sur les petites zones devenues imberbes avec l'âge. Je m'appliquais, faisais varier la pression du fer sur la peau selon sa fragilité.

Je n'avais jamais rasé un de mes amants. Ce devait être un autre rapport à la lame, à la peau, à la violence, à la douceur.

Je n'y croyais plus, et c'était arrivé. Je n'en revenais pas moi-même, il ne fallait pas que je me laisse avoir pourtant. Mais sur le petit muret qui bordait la digue, nous regardions les bateaux, il m'avait prise dans ses bras, et m'avait balancée tout doucement au creux de sa poitrine. C'est-à-dire qu'il m'avait bercée. Personne ne m'avait fait ça depuis, disons, plus de trente-cinq ans. C'était doux, tendre, vertigineux.

Je n'arrêtais pas d'y penser. Ce n'était pas prévu. Olivier ne m'était pas totalement inconnu, mais presque, on ne peut pas dire qu'en un repas on en apprenne beaucoup. En une nuit à faire l'amour, peut-être. Il m'a portée jusqu'à la chambre, et quand il a poussé la porte, je nous ai vus dans le miroir, moi m'agrippant à lui, le bras comme une aile autour de son cou, lui se raccrochant à moi, comme dans un sauvetage réciproque.

Un dernier tour de lame, pour une peau bien nette près du cou, dans le creux fragile.

Nous avons fait l'amour silencieusement. Je regardais mon corps comme le sien, comme si je n'avais jamais vu ni l'un, ni l'autre. Un monde entier s'ouvrait, mille vies mystérieuses.

J'avais maintenant l'impression d'en savoir un peu sur lui, et je voulais en connaître plus encore.

En savoir sur lui pour l'avoir à moi.

Le rasoir a ripé. Le sang a jailli.

Hugo a eu un petit cri effrayé, dans un souffle.

Une petite coupure, rien de plus.

J'ai passé le linge mouillé sur l'ensemble du visage d'Hugo, délicatement. Il a fermé les yeux, attendant l'après-rasage.

La barbe d'Olivier sur mon menton, qui en était resté rougi. Ses hanches, fines comme celles d'une fille. Le goût de sa langue.

Ses paupières lisses, les replis de sa peau tendre et douce, les vibrations qu'il faisait naître en moi.

Son poids sur mon corps.

Rien que d'y penser, un éclair de désir semblable au plaisir lui-même.

J'ai lavé le corps d'Hugo au gant. Ses os étaient devenus légers, sa peau de plus en plus fine. On s'en allait peu à peu, on disparaissait graduellement.

Effacement progressif du monde des vivants.

Olivier respirait la vie.

Olivier mettait des chemises orange et parvenait malgré tout à être élégant. Il se levait le matin en étant heureux de la journée à venir, et il le disait. Il faisait les meilleures tartes salées du monde en écoutant du Barry White et en chantant à tue-tête dans la cuisine. Olivier fumait des joints gros comme des pouces et aussi difformes que le sien. Il avait été capable d'arrêter toute une file de voitures, avec de grands moulinets des bras, pour que je puisse passer avec la mienne, tout en faisant en sorte que les autres automobilistes sourient et le trouvent sympathique.

En quelques jours et grâce à son bavardage incessant j'avais déjà appris tout ça sur lui. Nous avions bu du champagne, ri souvent et jamais pour rien, il me regardait tout le temps et j'avais l'impression d'exister.

Il avait dit que mes yeux avaient la couleur du ciel et qu'il serait possible de faire une série de photos où l'on verrait les saisons passer.

Il avait le profil d'un Indien d'Amérique.

J'avais toujours su au fond de moi que je finirais par le rencontrer. J'avais enseveli mes rêves à force de ne pas le trouver, mais j'avais eu raison d'être patiente. Je n'étais pas encore tout à fait à la hauteur, des années d'idées noires ou grises laissent des traces difficiles à faire partir, mais les contes pour petites filles et les histoires des magazines féminins résistaient encore plus au passage du temps, comme les couleurs aux lessives non agressives.

Mon téléphone a sonné. La voix d'Olivier surgissait dans l'intérieur vieillot d'Hugo, elle longeait ses animaux empaillés et ses papillons en cage de verre, elle me sauvait de la poussière et du confinement.

— Claire – c'est moi – ça va – tu travailles ?

J'ai juste émis un borborygme qui voulait dire oui, je n'étais pas très à l'aise au téléphone, ces phrases où on devait attendre que l'autre parle avant de s'y mettre aussi, sans le naturel propre à la conversation, ce débit rapide, aux pauses artificielles, me gênaient toujours, mais il a compris puisqu'il a continué :

— Je me disais – je serais bien venu te chercher à la fin de ton travail – qu'est-ce que tu en penses – en fait j'ai pensé à une surprise – je préférerais te faire la surprise – je peux venir te chercher ?

Hugo n'en perdait pas une miette. J'ai parlé tout bas

— Attends – je ne suis pas seule là – une seconde.

Je suis sortie de la pièce, en laissant la porte ouverte pour le narguer un peu. Hugo a appuyé sur son sonotone pour le remettre bien en place, mais rien n'y faisait, il ne pouvait pas m'entendre. Il a reboutonné sa veste de pyjama, contrarié, puis il a poussé son fauteuil jusqu'au salon et il a allumé la télévision. Un documentaire animalier sur les poissons des mers du Nord lui a fait oublier sa mauvaise humeur passagère et il s'est installé plus confortablement sur son coussin, en grimaçant de douleur. Je suivais distraitement l'image en expliquant à Olivier :

— A six heures et demie...

J'ai marqué une hésitation alors que c'était très simple, mon emploi du temps était toujours le même et je le connaissais par cœur, mais faire semblant était devenu une habitude. J'ai regardé la pendule d'Hugo sur la cheminée.

— A six heures et demie je finis ma journée chez Anne-Louise.

Les poissons sauvages défilaient sur l'écran comme dans un aquarium de salon tandis que je lui expliquais la route pour aller chez Anne-Louise. Le ton du commentaire était soporifique. La bouche d'Hugo s'ouvrait, à cause du sommeil ou de l'ennui. Quand il s'en apercevait, il la refermait et avalait sa salive, mais elle s'ouvrait à nouveau, comme celle d'un poisson à l'air libre.

Il a zappé. Un autre documentaire animalier, cette fois sur le pôle Sud. En une seconde il était passé de l'autre côté de la terre.

Au milieu de nulle part, chaque année, un printemps passager réunissait les animaux des alentours, qui sortaient de leurs tanières momentanément dégelées pour venir se reproduire. Soudain, une gigantesque foire aux célibataires avait lieu ; et les phoques, les manchots, les oiseaux de toutes plumes avaient quatre mois seulement pour arriver sur ce petit territoire, parader pour y trouver un partenaire, faire des petits et les élever, puis quitter les lieux au plus vite avant le retour du grand froid.

J'ai raccroché, et j'ai fourré mon téléphone dans la poche de ma veste.

Ça criait de partout, ça combattait, ça creusait sur l'immensité blanche au milieu du salon d'Hugo. Quelques jours de retard, un partenaire un peu lent, et l'année était fichue, le délai fatal.

Même au pôle Sud on n'était pas tranquille.

Hugo semblait beaucoup plus intéressé par les pingouins que par les poissons.

Tandis que je dépiautais les bettes pour le déjeuner, je me disais que j'avais hâte de retrouver Olivier.

Un avion a traversé le ciel, le barrant d'une cicatrice blanche.

Anne-Louise était d'humeur érotique elle aussi. Elle avait vu les Langlais (les Humphrey, des voisins anglais qu'elle appelait comme ça depuis bientôt trois ans) faire *une partie fine* toute la nuit dans leur jardin.

— Vous êtes sûre, Anne-Louise ? Dans le jardin, en plein mois de novembre ?

— Affirmatif, médème. Et pour la saison, on aurait plutôt dit que c'était le printemps, ça, je vous assure que leurs – hormones étaient bien remontées. Une partie fine, je vous dis ! du propre !

— Ils ont l'air sérieux, pourtant, les Humphrey...

— Ils ont l'air, mais ils n'ont pas la chanson, ça je peux vous le dire !

Et elle a commencé à me décrire avec force détails comment le petit bonhomme moustachu que je voyais souvent tailler sa haie avait joyeusement lutiné les amies de sa femme.

— Ça, je vais le dire à mon fils, il va aller leur remonter les – bretelles, faut pas pousser quand même... Vous vous rendez compte ? Baiser comme ça, et les autres qui regardaient, encore ? Vous vous rendez compte, Claire ?

Elle me racontait une hallucination et dans le même temps elle se rappelait mon nom. Drôle de cerveau malade.

— L'amour de ma vie, le pompier, là, je vous en ai parlé, de – Ferdinand, n'est-ce pas, et bien, une nuit, je m'étais échappée d'ici et on a baisé dans le jardin, il m'avait renversée dans l'herbe et ma tête a tourné, et je sentais la pelouse dans mon dos, et je voyais les étoiles, je vais vous dire que c'était beau, ah çà oui, Claire. Pas comme ces Langlais, là.

Elle disait *baiser* tout fort, alors qu'elle avait dû s'en empêcher toute sa vie. Une femme de notaire, ça ne dit pas *baiser*. Mais dans sa tête, elle avait dû toujours le dire, parce qu'aujourd'hui, elle le disait le plus naturellement du monde. Même son mari n'avait pas dû savoir qu'Anne-Louise employait ce mot-là. Et si ça se trouve il n'avait pas su qu'elle aimait ça non plus. Ça n'avait plus vraiment d'importance, quinze ans après sa mort.

Son visage a changé d'expression

— Il doit venir cet après-midi, non ?

— Qui donc ?

— Mon fils, Jean-Pierre.

— Ah, je ne sais pas. Peut-être. Ils ne m'ont rien dit.

Elle croyait toujours que ses enfants allaient venir l'après-midi même, ou qu'ils étaient venus la semaine précédente. Elle vivait dans cette illusion. Ma réponse était vague, son visage est devenu inquiet.

— Mais moi je suis là, Anne-Louise...

— Ce n'est pas pareil.

Oui et bien en attendant c'est moi qui me démène pour que tu manges et que tu ne te fasses pas dessus et que tu dormes bien, ma vieille.

— Vous verrez bien, moi je ne sais vraiment pas, je ne les ai pas vus depuis longtemps, mais ils vont peut-être venir, en effet.

J'ai fait semblant de regarder le papier sur la table de la cuisine où nous correspondions ses enfants et moi si besoin était. La feuille était comme un relais d'informations entre toutes les personnes venues de l'extérieur pour la nourrir, la laver, la coucher, lui parler. Chacun sa tâche bien définie, à son heure bien précise, avec ses renseignements particuliers sur la santé d'Anne-Louise, sa tension artérielle, son appétit, ses globules rouges. La page de cette semaine ne contenait que sa tension, notée par l'infirmière qui venait tous les trois jours, et le montant de ses courses que j'avais faites moi-même. Rien d'autre.

— Vous voyez, ils n'ont rien marqué donc je n'en sais rien, mais tout aussi bien ils vont arriver sans prévenir, c'est déjà arrivé...

Je m'embourbais dans mon explication. Un éclair de lucidité est passé dans ses yeux, puis une détresse immense. Elle a ouvert la bouche mais elle ne pouvait plus parler. Elle a traîné ses chaussons sur les trois mètres qui la séparaient de sa chaise et s'est assise, épuisée.

— Voulez-vous que je vous lise le journal ?

Elle a secoué la tête.

— Voulez-vous manger quelque chose ?

Elle a hésité un instant, puis elle s'est ravisée et n'a même pas jugé bon de me répondre.

Comment savoir ce qu'Anne-Louise désirait vraiment ?

Je suis allée dans son bureau, j'ai ouvert le tiroir de droite du secrétaire et j'en ai retiré trois pochettes de photos.

Je les ai posées sur la table de la cuisine. Elle a eu un petit coup d'œil de côté.

— Voyons cela, Anne-Louise... Vous voudriez me raconter ce qui se passe sur ces photos ? Ah, bien le voilà, Jean-Pierre, là, c'est lui, non ?

Elle s'est tordu le cou pour mieux voir. Leur éventuelle visite était oubliée, Anne-Louise entamait un nouveau chapitre.

— Oui, c'est Jean-Pierre à dix-huit ans... C'était un beau garçon, n'est-ce pas ? (surtout ne pas laisser paraître le moindre doute sur cette question) Regardez-le, il ressemble à un gangster, il venait d'avoir son bac philo, alors on lui avait acheté cette pétrolette...

Incroyable comme sa mémoire fonctionnait subitement. Des images jaunies avec femmes à chapeau et hommes à moustaches. Une famille à la plage, tous en maillot, fixant l'objectif et brandissant des bébés bien haut. Et les photos d'Anne-Louise, où j'étais toujours étonnée de voir son visage jeune, les sourcils dessinés au crayon, *les yeux faits,* comme elle disait. Elle était là, de trois quarts, appuyée au bastingage d'un pont, immobile, le sourire figé pour toujours.

— Ce que j'avais l'air jeune ! C'est incroyable ce qu'on peut vieillir...

Elle avait de légers tics de la bouche, comme si ses lèvres lançaient des baisers successifs dans l'air – ou qu'un mot inconnu allait y naître d'un moment à l'autre.

Je lui ai tendu une nouvelle photo, de sa fille, cette fois.

— Non, je ne vois pas...

Elle avait pourtant l'air aussi cruche il y a dix ans qu'aujourd'hui.

— Ce ne serait pas Marie-Luce, des fois ?

— Marie-Luce ? Marie-Luce...

Son regard scrutait la photo, et il m'était impossible de savoir si c'était le visage de sa fille qui ne lui disait rien, ou le nom. Peut-être bien les deux.

— Marie-Luce, votre fille... Vous avez bien une fille, Anne-Louise ?

J'ai lu le vertige dans ses yeux. La peur.

— Mais si, c'est Marie-Luce, votre fille, avec d'autres gens de votre famille, regardez, c'est un repas de famille, ça doit même être un jour de Noël, vous n'allez pas pleurer, Anne-Louise, ce n'est pas grave et ça va vous revenir, c'est sûr que c'est Noël, mais alors quelle année... Elles se ressemblent toutes, vos photos de Noël, c'est même normal que vous vous en souveniez pas... C'est toujours ici qu'elles ont été prises, il n'y a que les visages qui vieillissent et les coupes de cheveux qui changent !

Anne-Louise scrutait le visage de sa fille comme pour essayer d'y mettre un nom. J'essayais de meubler pour combler ce vide, de chercher d'autres indices, de me souvenir à sa place des notes qu'elle avait prises.

— Vu les coupes de cheveux, ça doit faire une dizaine d'années... 1992, 93... Ce ne serait pas le jour où Eliane est partie sans même dire merci, ça ?

— Le jour où Eliane... ? Ah, oui, je me rappelle, eh bien je vais vous dire que je l'ai plus jamais invitée, même pour Noël, ah ça non ! Regardez-la, avec son sourire fat, là, regardez, c'est elle, à côté de Marie-Luce...

Tout rentrait dans l'ordre. Elle était rassurée, elle m'a remerciée de ses yeux vifs.

J'ai tenté le coup avec sa photo de mariage. Elle m'a regardée comme si j'étais folle.

— Que voulez-vous que je vous dise ?

— Qui est sur cette photo ?

— J'ai vieilli tant que ça ? C'est moi, et là c'est mon mari. C'est notre photo de mariage. Il m'est resté des traces, vous voyez. Les traces, c'est important.

Son regard est devenu grave.

— Et croyez-moi, je sais de quoi je parle.

Elle s'est raclé la gorge, et la seconde suivante, elle disait :

— Elle est belle, cette photo, n'est-ce pas, en noir et blanc, et sobre, avec ça, pas comme ces mises en scène que l'on fait maintenant, du chiqué...

J'ai ri.

Son œil était espiègle.

Elle a ri en hochant la tête. Puis elle s'est remise à regarder les photos d'un air pensif, en les saisissant délicatement du bout des doigts par la tranche, tout en continuant à sourire. Sa montre serrée sur son poignet lui faisait une marque bleue.

Olivier a klaxonné dehors. J'étais gênée que ça arrive maintenant, à un moment où nous partagions une conversation que nous n'avions jamais eue, et où Anne-Louise était consciente comme elle ne l'avait pas été depuis longtemps. Les photos avaient ce pouvoir.

Je suis restée en silence, en prétendant ne rien entendre, puis j'ai dit

— Vous voyez, ça vous fait du bien, les photos, ça aide justement à garder trace des choses...

— Je ne parlais pas seulement de ces traces-là.

Elle me regardait droit dans les yeux. Au-dehors, Olivier s'excitait sur son klaxon. J'ai ramassé les photos.

— Non, bien sûr. Je suis désolée, Anne-Louise, mais je vais devoir vous coucher. On m'attend dehors, et je suis très en retard.

— Oh non, pas ça, je n'ai pas envie d'aller au lit...

Elle me suppliait, comme une petite fille.

— Allez, soyez raisonnable. Isabelle devrait arriver d'une minute à l'autre.

— Alors attendez-la. Ne me laissez pas toute seule. Sinon je le dirai à Isabelle.

Elle était en forme, finalement. Et si elle s'en souvenait vraiment, quand la grosse Le Hanff arriverait ? Sacrée vieillarde. Et l'autre, qui continuait de klaxonner.

— Bon. Je vais le prévenir et je reviens attendre Isabelle avec vous. Ça vous va comme ça ? Vous ne bougez pas de là, en m'attendant ?

Solennelle, elle a dit :

— Promis !

J'ai été jusqu'à la grille et j'ai fait signe à Olivier. Il ne bronchait pas. J'ai couru jusqu'à sa voiture.

— Je suis désolée, mais ma collègue a du retard et je ne peux pas la laisser seule...

Il a fait une mine renfrognée. Je me suis penchée par la vitre de sa portière et je l'ai embrassé sur la bouche, longtemps, comme une collégienne. Du coin de l'œil, j'ai surveillé le bout de la rue pour voir si Isabelle n'arrivait pas.

Olivier gardait les yeux fermés.

A la fenêtre de la cuisine, la tête d'Anne-Louise trônait, encadrée par la lumière. J'étais tiraillée entre la peur de ne pas bien faire mon travail et l'envie de tout envoyer promener.

— Je voulais te faire une surprise, mais si tu préfères rester avec tes vieillards...

— Oh, arrête... J'en ai pour cinq minutes, tu

ne vas pas être jaloux d'une vieille dame, quand même...

La voiture d'Isabelle est apparue au coin de la rue, je ne pouvais plus courir, j'étais faite comme une rate.

A peine un regard curieux de ses yeux porcins à l'égard d'Olivier. Elle a tourné son visage gras et rose vers moi, et elle m'a dit :

— Tu l'as laissée toute seule ?

Je n'ai même pas eu le temps de répondre qu'elle courait déjà dans le jardin. Je suis entrée dans la voiture d'Olivier et j'ai plaqué mon corps contre le sien, chaud, large, solide, chaque centimètre de ma peau collait à la sienne, ses mains ont attrapé ma taille qui paraissait toute petite dans ses doigts, le désir a jailli dans mon ventre. J'ai vu le rideau de la fenêtre d'Anne-Louise bouger, la grosse Le Hanff nous épiait derrière la vitre. Je m'en doutais. J'ai défait les boutons de la chemise d'Olivier et j'ai embrassé son ventre, courbée dans la voiture. Exprès.

Olivier m'a annoncé sur la route qu'il me kidnappait pour un soir, et jusqu'au lendemain midi. J'ai protesté, je ne pouvais pas laisser Anne-Louise et Alice seules le lendemain matin. Il m'a dit d'appeler une collègue. J'ai appelé la grosse Le Hanff et je lui ai menti, j'ai dit que je devais aller voir ma mère, à trois cents kilomètres de là, qui ne se sentait pas bien.

— J'arriverai à temps pour Alice – mais pourrais-tu t'occuper d'Anne-Louise – je suis vraiment désolée Isabelle – vraiment – s'il n'y avait pas cet impératif de dernière minute – tu sais comment c'est – ma mère...

Peut-être qu'elle ne m'a pas crue. Pour la première fois je m'en foutais, qu'on croie ou non à mes mensonges. Et puis je me suis vaguement dit qu'il faudrait d'ailleurs que j'appelle maman, j'avais oublié de le faire dimanche dernier, elle devait se demander pourquoi (Ma chérie – je me suis inquiétée – d'habitude quand tu n'appelles pas le dimanche j'ai au moins un coup de fil le lundi – et je n'ai pas arrêté d'appeler chez toi tu ne répondais jamais – je ne sais pas où tu étais mais en tout cas pas chez toi). Elle me demanderait si j'avais rencontré quelqu'un. Tout signe de trouble chez moi lui faisait entrevoir un espoir. Je ne le lui dirais pas (j'ai eu beaucoup de travail maman – tu ne te rends pas compte).

Dans la voiture, j'ai commencé à raconter ma journée à Olivier, mais il a mis une station de radio un peu ringarde qui diffusait des chansons, il chantait en chœur, il prenait une voix suraiguë et comique et mimait les paroles ridicules. Il me jetait des petits coups d'œil pour s'assurer que je rigolais. Je lorgnais alors la lumière sur sa nuque, le duvet sur le bord extérieur de ses poignets, ses mains puissantes sur le volant, son pouce d'enfant, son regard concentré sur la route, le sourire qui pointait à ses lèvres quand il s'apercevait que je le regardais. Ces détails de son visage et de son corps me devenaient peu à peu familiers. Je me demandais combien de ses manies, de ses traits de caractère, de ses souvenirs m'étaient encore étrangers.

11

Nous sommes arrivés vers vingt et une heures dans un hôtel, Les Roches Blanches, construit à flanc d'une falaise de craie au bord d'une eau bleu sombre.

Je me suis rapprochée d'Olivier au moment où il remplissait une fiche de renseignement à la réception, et j'ai vu qu'il nous a inscrits sous un faux nom. Il a marqué en lettres rondes : monsieur et madame Dufilho.

En entrant dans la chambre, je lui ai demandé ce que ça signifiait. Il a ri, et m'a dit :

— Ce soir, monsieur et madame Dufilho viennent fêter leur troisième anniversaire de mariage aux Roches Blanches. Ainsi, ils vont pouvoir bénéficier de l'offre affichée à l'entrée qui promet une coupe de champagne aux mariés dont c'est l'anniversaire. Et puis c'est plus rigolo de s'appeler Dufilho.

Devant mon air éberlué, il a pouffé de rire, puis il s'est écroulé sur le lit. Plus tard, il a continué ce petit jeu-là et ça m'a amusée. Au restaurant sous les pins, quand le serveur est venu passer la commande, et alors qu'il ne nous demandait rien, Olivier lui a confié que nous avions laissé nos trois enfants chez leur grand-mère maternelle, qui habitait Paris. Le serveur s'est étonné, trois enfants en trois ans de mariage, cela faisait beaucoup. J'ai ri derrière ma serviette.

Une atmosphère particulière se dégageait du lieu, sans doute liée à la présence des pins noirs autour des tables blanches, le long de la falaise, et à la présence de la mer que l'on entendait rugir tout en bas. Nous avons joué à deviner qui étaient les gens des autres tables, comme nous le faisions souvent depuis notre rencontre. Ce soir-là comme nous étions gais, nous renchérissions l'un sur l'autre et nos scénarios étaient de plus en plus fantaisistes. Olivier soutenait que la grande blonde que je prenais pour une femme de notaire était en fait une employée de banque perverse qui adorait fesser son mari, dont j'aurais juré qu'il était pasteur. Il disait que ce n'était pas du tout contradictoire, bien au contraire.

Une petite vieille aux cheveux mordorés portait presque son mari qui avait du mal à marcher, et Olivier l'accusait de venir de l'empoisonner entre la poire et le fromage.

Les autres couples attablés parlaient tout bas et par intermittence, ou ne se parlaient pas et s'ennuyaient. J'avais toujours été choquée par le nombre de couples qui ne s'adressent pas la parole au restaurant, et regardent ailleurs, en se donnant une contenance, tout au long du repas, n'interrompant leur mutisme que pour commenter leur bar au sel. Nos silences à nous n'étaient que des parenthèses où nous écoutions ensemble le vent dans les aiguilles de pins. Nous étions fatigués par la route, l'effet des bulles de champagne commençait à se faire sentir, et ces pauses étaient de plus en plus longues, mais elles n'étaient en rien gênantes, plutôt comme si l'on s'endormait peu à peu l'un contre l'autre. J'avais l'impression que le contour de nos corps s'effaçait insensiblement, pour bientôt disparaître dans ces silences et l'obscurité grandissante.

Après dîner, un peu ivres, nous nous sommes assis dans les transats blancs au bord de la piscine. Seules les lampes du fond de l'eau étaient allumées, ce qui donnait une lumière vacillante et bleue. Les sièges étaient froids, et nous étions allongés sous la lueur distante des étoiles. Les autres couples qui quittaient le restaurant et passaient devant nous n'étaient plus que des ombres. Ils étaient tous vieux. J'étais heureuse de connaître cet endroit paisible et luxueux avant d'avoir atteint leur âge, de pouvoir en profiter pleinement.

— Tu vois, j'adore cet endroit, mais ce qui me gêne c'est que la clientèle est tellement vieille qu'on se croirait dans une maison de retraite.

— Ça devrait pas trop te gêner, pourtant !

Comme je riais, il s'est rapproché de mon visage, tout près, pour plonger ses yeux dans les miens, de plus en plus près, presque à les toucher, pour plaisanter. Je me suis vue déformée sur le dôme de sa pupille qui, dilatée par la nuit, m'est tout à coup apparue comme un trou sombre, un puits de matière noire qui plongeait au fond de son être organique.

J'ai reculé mon visage.

— Qu'est-ce qu'il y a ?

— Tes pupilles, dilatées, comme ça...

Il avait l'air troublé. Il a secoué la tête en me regardant d'un air étrange, dans la lumière bleue. Je me suis sentie mal à l'aise. Il ne savait pas quoi dire. Il a tenté :

— Ce sont les iris qu'il faut regarder, pas les pupilles. Ils sont uniques pour chaque personne, un peu comme les empreintes des doigts. Et puis, ça, ça ne vieillit pas. Même un vieillard garde les yeux de son enfance.

Je me suis avancée de nouveau vers son visage, en évitant de regarder le centre obscur de ses yeux. Il a murmuré :

— Et les miens, que disent-ils ?

— Les tiens, de près, ils ont la forme et la couleur des tournesols. Ils ont des pétales bien dessinés, jaunes et bruns, des dizaines de pétales.

Il m'a happée comme un train dans un tunnel, sa langue a pénétré ma bouche dans un souffle désespéré, comme si son désir était la dernière preuve de notre existence. Chaque cellule de ma peau était un souffle de vie que j'aurais voulu lui transmettre.

Nous n'avons jamais su, pas plus le lendemain matin au petit-déjeuner, lequel de ces hommes avait fait crier sa femme de plaisir au cours de la nuit, empêchant par là même une bonne partie de la clientèle de dormir. Alors que d'habitude ce genre d'effusions m'aurait horripilée, cette fois je n'ai pas pu m'empêcher, les yeux au plafond, de me projeter les visages des clients de l'hôtel tandis que les cris de cette femme se mêlaient à la respiration régulière d'Olivier endormi. La petite vieille au mari égrotant, absolument impossible. L'espèce de banquière aux talons hauts ? Olivier avait dû voir juste. Mais pas avec son mari, ni avec le rat de bibliothèque aux verres de lunettes épais comme des culs de bouteille... Et pourquoi pas la banquière avec le majordome...

J'ai réveillé Olivier. Je me suis allongée de tout mon long sur lui. Je lui ai dit que madame Dufilho avait le sang très chaud et le désir au ventre, il a souri faiblement, je lui ai fait l'amour dans un demi-sommeil, j'avais envie que ses gémissements à mon oreille m'empêchent d'entendre les cris de cette femme que je ne connaîtrais jamais, je voulais que madame Dufilho soit plus vivante qu'elle, et qu'elle emporte les cris de l'autre femme dans un monde irréel.

Maintenant, maintenant, maintenant.

Je voulais désormais me laisser porter. Ne plus penser. Je voulais qu'il s'occupe de moi comme je m'occupais des autres.

Je ne voulais plus avoir à décider.

Je voulais le suivre partout où il allait. J'étais fatiguée d'avoir à faire des choix aussi insignifiants les uns que les autres. Difficile d'être adulte.

Avec lui, j'avais l'impression de dompter le temps.

Au matin, je ne me suis pas réveillée à l'heure, et j'ai roulé à tombeau ouvert jusque chez Alice, immobile dans son lit jusqu'à ce que je vienne la délivrer. L'asphalte et les barrières grises de la voie express défilaient tandis que je pensais Mes journées ne sont plus les mêmes, il y a désormais des heures avec et des heures sans Olivier comme il y aura un avant et un après lui.

Il y avait des nuits longues et des matins où je me réveillais à ses côtés, et parfois des après-midi où nous nous voyions, comme en contrebande.

Minute par minute, heure après heure, je rognais sur mon temps de travail pour le passer avec Olivier. Je remplaçais mes vieillards par lui, par lui seul, je m'intéressais à lui comme à personne d'autre. J'avais sacrifié le rituel alcoolisé du samedi soir entre amis depuis quelques semaines déjà, Paul s'était d'ailleurs fâché au téléphone, et comme toujours je restais étrangère aux mots qui sortaient sans vie de l'appareil :

— Tu es où ?

Oui, j'avais rencontré un homme. Il s'appelait Olivier. Oui, je le lui présenterais, bien sûr. Non, pas pour l'instant, je filais le parfait amour, il pouvait le comprendre. Il fallait qu'il s'habitue à mes absences, lui aussi. Seul Olivier comptait.

Lui parler l'embrasser le regarder l'écouter et rentrer tôt, lui raconter mes journées, sentir les soirées s'étirer entre nous deux.

Je volais du temps à mes vieillards. Je ne passais plus de moments en solitaire chez eux, je n'en avais plus le temps, et moins envie. Et je m'occupais de moins en moins d'eux.

Alice ne pouvait pas regarder sa montre, Anne-Louise ne connaissait plus mes horaires depuis longtemps, et Rose ne me ferait jamais de reproches : seuls Hugo et la grosse Le Hanff ont commencé à m'en vouloir.

Hugo aurait voulu savoir avec qui j'étais. Son insistance m'agaçait. Parmi mes vieillards, seule Alice était au courant.

Quand je suis arrivée chez elle, après cette nuit aux Roches Blanches, je ne lui ai pas donné son petit-déjeuner, je lui ai directement servi son porto.

— Ça va, Alice ?

— On vivote. Les jours sont tous les mêmes, seul le menu change, grâce à vous, Claire.

A midi et quart, elle chantonnait l'Internationale, et je l'accompagnais en lui beurrant ses tartines.

A midi et demi, j'ai trinqué avec elle. Elle était contente, et je crois qu'elle ne se rendait plus vraiment compte des heures. Je lui ai resservi du porto.

Après tout, elle n'avait plus beaucoup de plaisir. Sa fille me faisait régulièrement la morale, Le porto c'est fort et elle ne mange plus guère, faites attention, une ou deux fois je suis arrivée et je l'ai trouvée un peu pompette, et gnagnagna. Et bien aujourd'hui, Alice aurait le droit de boire autant de Calem qu'elle voudrait parce qu'elle n'avait rien dit sur mon retard... Elle bavardait gentiment, toujours sur les mêmes histoires, les mêmes années, les mêmes journées importantes de sa vie. Parfois sa tête avait de légers tremblements.

— ... Et la première chose qu'on a faite quand il est rentré, alors qu'il pesait moins de cinquante kilos, en revenant du stalag, tu te rends compte, Claire, cinquante kilos, lui qui était si bien bâti avant guerre... J'avais peur de ne plus le reconnaître, ou qu'on n'ait plus rien à faire ensemble, j'avais peur, au fond, qu'on ne se connaisse plus, ou qu'on ne s'aime plus, après tout ce temps... Mais deux ou trois jours après nos retrouvailles à la station...

— à la gare, Alice, la gare...

— oui, la gare, bon, trois jours après, en tout cas, il y a eu le bal des communards... Et là, la première chose dont je me souvienne, c'est quand on a dansé une valse... Parce que là, tout est revenu, mes pas dans les siens et ses mains sur mon dos. Je l'ai vraiment reconnu à ce moment-là. Quand j'ai dansé avec lui. Tu sais, chaque homme te tient différemment pour danser. Il avait une telle élégance... Et je crois que pour lui, c'était pareil. Il le disait, d'ailleurs, pour moi c'était pareil, Alice, il l'a dit, ça sûrement, je m'en souviens maintenant. Cette valse, c'est sans doute le plus beau moment de ma vie. On dit le mariage, mais moi, c'était après guerre, je n'avais ni robe de mariée ni banquet, tandis que cette danse... Et puis j'aimais tellement ça... Tu danses, toi, Claire ?

— Ça m'arrive, oui, enfin, la valse, pas trop...

— Claire... Tu crois que tu pourrais me conduire ?

— Tu voudrais danser... Ici ?

— Ici, dans la salle, à côté... La pièce est grande...

Allez, mets un disque, s'il te plaît...

Et fais attention, je ne vois même plus mes chaussures !...

Nous sommes allées tout doucement jusque dans le salon où elle n'était pas allée depuis plus d'un an. En la guidant le long des meubles, je me demandais comment nous allions faire pour valser alors qu'elle marchait à peine. J'ai mis un trente-trois tours sur le tourne-disque en moleskine bordeaux.

Je t'ai rencontré simplement
Et tu n'as rien fait pour chercher à me plaire
Je t'aime pourtant
D'un amour ardent
Dont rien, je le sens, ne pourra me défaire
Tu seras toujours mon amant...

Elle s'est mise à chanter dès les premières mesures. Je l'ai prise par la taille, et à petits pas, je comptais dans ma tête un-deux-trois, un-deux-trois, nous avons commencé à tourner au milieu de la grande salle à manger que je connaissais bien, maintenant. Le disque craquait à force d'avoir été joué. Elle chantait un peu trop fort à mon oreille, et elle s'accrochait un peu trop à moi, mais je n'ai rien dit pour ne rien gâcher. Mes pieds retrouvaient les pas sans effort, et les siens suivaient, effleurant le marbre, avec fragilité mais sans hésitation. Ses joues ont rosi sous le plaisir et les miennes sous l'effort.

Une valse à cent ans.

Quand ça allait un peu trop vite, elle riait, et je sentais le vertige la gagner aux accès de son rire, comme celui d'un enfant. Je voyais ses jambes encore galbées glissées dans ses escarpins, les mains d'Antoine sur ses hanches, *Mes pas dans les siens et ses mains sur mon dos*, et son regard droit devant elle, concentré sur la danse. Je n'ai jamais tant ressenti sa solitude.

Et j'ai besoin pour revivre, amour
De t'avoir un jour
Moins qu'un jour, une heure

Nous tournions, et son visage faisait place au mien, nous étions comme deux planètes nouvelles, elle, une vieille femme presque aveugle, et moi, son auxiliaire de vie qui ne savait plus bien qui elle était, jusqu'à ce que le disque se termine et que mes bras ne nous tiennent plus.

12

En décembre nous sommes partis en Italie. C'était la première fois depuis que j'étais née que je ne passerais avec ma mère ni les fêtes de fin d'année, ni mon anniversaire, le 23 décembre, autant dire un non-anniversaire (non maman – ça ne va pas être possible cette année – vraiment non – j'ai besoin de vacances mais je t'appellerai – promis – je t'appellerai). On a roulé quatorze heures durant. Je me suis endormie sur l'épaule d'Olivier pendant qu'il me racontait des souvenirs de voyages. Plus nous descendions au sud, et moins la température d'hiver se faisait sentir. C'était comme si nous freinions le temps, et que notre voyage était une poursuite de l'été. Nous étions des oiseaux migrateurs.

A Naples on ne s'est pas arrêtés, il avait hâte d'aller sur les îles et moi aussi, on visiterait les villes au retour, on a pris un ferry de nuit. Le port était loin du centre, et l'embarcadère était comme caché derrière les autres activités portuaires. Au moment où le bateau se détachait du quai, j'ai eu l'image furtive d'un enfant brun en blouson rouge, à genoux, qui sortait un fil doré de l'eau et le ramenait à lui ; il s'est interrompu au moment où la passerelle se refermait sur le bateau. Il était le seul sur la jetée, la nuit, à nous regarder partir.

De loin Naples n'était qu'un tas de grues au pied du Vésuve. Mais des grues élégantes, effilées comme des perchoirs. Sur la photo que j'ai prise alors, Olivier sourit malgré le vent, et des comètes bleues, accidentelles, ont endommagé le tirage et semblent traverser l'horizon. La lumière était électrique, tout était jaune et brillant dans le soir tombant, sauf les canots de sauvetage rouges et les avertissements des coursives. Sur le pont, il n'y avait que des hommes mal rasés qui rentraient chez eux pour le week-end. La soirée s'étirait à la cafétéria. Les hommes regardaient le jeu télévisé qui passionnait Alice, en italien (Come-si-chiama-la-cita-Cronometro !) Je connaissais toutes les réponses, j'impressionnais Olivier, et je répondais de plus en plus fort, pour que les autres hommes m'entendent aussi. Le Campari me montait à la tête. A la fin de la partie, j'aurais pu gagner des millions.

Nous avons fait l'amour dans une cabine étroite où les couvertures sentaient le sel. Un autre homme dormait en face de nous, et la quatrième couchette était libre. Je m'étais laissé faire quand même, je m'en foutais, il avait envie de moi sur le bateau.

Au petit matin, les îles sont apparues dans le bleu pénétrant de l'hiver. Elles se détachaient en noir sur l'horizon rose. C'était magnifique. La première était Lipari, le soleil encore bas se cognait derrière l'île, et nos premières impressions furent sonores, les cris des pêcheurs attendant des marchandises et une chanson napolitaine échappée d'un mauvais poste de radio. A Vulcano, la lumière était grise et la pierre volcanique, ocre, avait des reflets verts. On aurait dit la lune. Une Cadillac descendait sur le port, non loin d'une caravane abandonnée.

Stromboli nous est apparu d'un coup derrière la carlingue du bateau, immense déjà, un triangle isocèle posé à l'horizontale sur la mer, un mirage géométrique et noir. Nous devions revenir ici. Olivier m'a prise en photo sur le pont, devant la façade floue du volcan. J'ai des lunettes de soleil et un blouson rose, celui dont Isabelle Le Hanff m'avait dit un jour qu'elle n'oserait jamais mettre un truc pareil. Au feu, la grosse Le Hanff. Mon sourire semble arrêté en vol.

Olivier avait réservé un hôtel à Panarea. Le petit port italien était fait de maisons carrées aux toits en terrasses, blotties tout en bas. Un seul bâtiment était à flanc de colline, c'était notre hôtel, le Raya. Un tricycle à moteur nous a conduits là-haut. Toutes les chambres étaient indépendantes et donnaient sur la mer. Les escaliers en pierre de lave enserraient des coquillages. Il y avait des oranges dans les arbres, et des figues de Barbarie. Je ne me souciais pas de l'argent, même si exceptionnellement, pour les vacances, on dépensait aussi le mien. Olivier s'occupait de tout.

Notre voyage a été merveilleux. Nous vivions au présent, ne voyant pas plus loin que le lendemain, dans une atmosphère d'insouciance, nous n'avions plus de lien avec notre passé, mon petit appartement du bord de mer me paraissait bien loin. Le matin, en voyant les plateaux du petit-déjeuner déposés devant les portes des chambres, je pensais aux rêves enfouis de Rose, aux envies de liberté et d'aventure qu'elle avait couvées toute sa vie et qu'elle avait laissées mourir. J'ai téléphoné à ma mère les deux dimanches, mais c'était tout (ma chérie – quand viens-tu me voir – tu ne viens plus me voir – est-ce que tu as trouvé quelqu'un). Mes vieillards me manquaient peu. Simplement, je n'avais plus grand-chose à raconter à Olivier, seulement des souvenirs, rarement du nouveau, sauf ce que nous vivions et voyions ensemble. Je ne fréquentais plus personne, lui non plus. Parfois il s'ennuyait, je le voyais bien. Je n'avais plus d'existence. Mais je n'y prêtais pas attention. Je me noyais dans les yeux d'Olivier. Il m'était enfin possible d'oublier totalement la solitude et d'en compter le temps.

La veille de mon anniversaire, Olivier m'a annoncé que nous partions à Stromboli. Nous n'avions cessé de le voir, il faisait face à notre hôtel comme une promesse. Le jour de longues fumées blanches enroulaient son sommet, la nuit des éruptions rouges barraient parfois le ciel comme des étoiles filantes.

L'île était inhospitalière. Le peu d'habitants restés après une grande éruption dans les années vingt étaient des forces de la nature, des îliens qui n'avaient peur ni de la mer, ni du feu. On accostait sur des plages noires où les gens ne vous regardaient pas. Un homme tirait une barque au loin ; il semblait microscopique, perdu dans l'immensité du sable et de la mer, coincé entre les deux lamelles du ciel et de la terre. L'échelle du monde était plus grande ici. Trois vieux assis sur un banc face à la côte nous ont renseignés pour louer un studio et trouver un guide pour entreprendre l'ascension dans l'après-midi.

Vincenzo était mal dégrossi mais gentil. Il se prenait pour un séducteur alors qu'il était juste jeune et italien. Ce qui n'était déjà pas mal, pour un guide. Nous sommes partis sac au dos.

Quatre heures de marche en côte. Neuf cents mètres. Nous ne parlions pas. Les parfums d'herbes sauvages laissaient peu à peu place aux odeurs de pierre et de soufre. De temps en temps Olivier se retournait vers moi pour voir si ça allait. Plus on montait, plus on sentait sous nos pieds les grondements de la terre à intervalles réguliers. L'univers était écrasant. Nous avons dépassé les nuages. Les chemins étaient de plus en plus escarpés, notre souffle se raccourcissait, mes pieds trébuchaient sur les pierres. Vincenzo continuait vaillamment, nous nous efforcions de le suivre. Le versant du volcan devenait rond comme une planète sombre, et nous escaladions un chemin en zigzag qui le coupait comme la cicatrice sur le pouce d'Olivier. Nous n'aurions pas pu être ailleurs.

L'idée était de grimper à la fin de l'après-midi pour être là-haut à la nuit tombée et mieux voir les explosions écarlates. La lumière baissait donc au fil de notre montée. Le volcan tremblait de colère, une paix m'envahissait. Nous nous sommes assis tout en haut et nous avons attendu que le soleil tombe dans la mer laiteuse. Des pierres incandescentes roulaient jusqu'à l'écume et tombaient dans l'eau avec effervescence. Il faisait froid. J'étais fatiguée, ivre de vent et de soleil. Olivier a sorti du champagne de son sac. Nous avons bu à la bouteille, le guide en a renversé un peu par terre, nous avons ri, Stromboli baptisé au champagne. C'était le plus bel anniversaire de ma vie. La pierre noire dessinait des formes comme le font parfois les nuages. Les explosions rouges ont commencé juste en dessous de nous, nous étions au-dessus du cratère. La terre était puissante, violente, active. Du soleil liquide. Nous n'étions que des confettis.

C'est là que j'ai remarqué une pousse de genêt sur la pente du volcan, à mes pieds. Sa tige fluette, qui portait déjà des bourgeons pâles et ramassés comme des insectes, était comme un défi. Elle avait réussi à pousser sur la terre presque morte, pétrifiée par les coulées de lave. Sa présence était incongrue. Elle était comme la lavande dans le placard d'Alice, les bribes de prière d'Anne-Louise, les papillons secrets d'Hugo, elle était cette histoire d'amour sur mon cœur sec, un fragment arraché à l'oubli. J'en ai pris une tige pour m'en souvenir.

Nous sommes descendus dans la nuit noire. Nous suivions Vincenzo sans voir où nous posions nos pieds, nos jambes s'enfonçaient jusqu'aux genoux dans les cendres volcaniques, nous descendions par un autre côté où ce n'était plus de la pierre, mais de la poussière noire qui ne reflétait même pas la lueur des étoiles. C'était magique. Je faisais une confiance aveugle à la lampe de poche virevoltante et faiblarde qui me montrait le chemin à suivre, aux souffles des deux hommes devant moi, rien d'autre n'avait d'importance. Tout se diluait dans la nuit, le monde n'avait plus de contour. Je flottais dans ce vide éthéré, je me laissais porter entre ciel et terre – en apesanteur dans l'infini, l'espace d'un instant.

Quand nous sommes arrivés au village, aucun des deux restaurants que notre guide nous avait garanti ouverts ne l'était. Pour un soir d'anniversaire qui avait si bien commencé, c'était un peu sec. Vincenzo nous a donné des pâtes, et il nous restait des tomates, de la mozzarella et des anchois du pique-nique de midi. Nous sommes rentrés à notre petite maison avec nos courses. Il n'y avait pas une lueur dans les ruelles. Nous avons commencé à cuisiner les tagliatelles dans la petite cuisine blanchie à la chaux en buvant le reste de champagne. Nous avions tellement faim après ces sept heures de marche que le menu était parfait, mais il nous manquait du vin. Olivier a voulu tenter d'en trouver. Nous sommes repartis dans la nuit, mes mollets me faisaient mal à chaque pas dans mes chaussures remplies de poussière de volcan. Il y avait très peu de rues, et peu de lumière derrière les volets fermés. Derrière le rideau de fer de l'épicerie du village nous avons entendu du bruit. Une fenêtre laissait passer un rai de lumière. Nous avons frappé. Quatre vieillards, deux hommes et deux femmes en noir, étaient en train de jouer aux cartes. Il y avait de l'argent sur la table. Ils nous ont vendu une bouteille de vin. Nous n'étions pas bredouilles. Nous sommes rentrés heureux, nous avons bu et mangé comme si notre vie en dépendait, les pâtes et le vin étaient délicieux.

Au matin, je suis allée sur le port pour appeler ma mère de l'unique téléphone public de l'île, pour qu'elle me souhaite mon anniversaire. Maman, j'ai quelqu'un, je suis avec lui en Italie, je ne te l'avais pas dit parce que ça s'est décidé très vite, le temps a filé. Nous étions en décembre, c'était mon anniversaire et je me baignais dans la Méditerranée.

Deux jours après notre retour sur le continent, le 28 décembre très exactement, le volcan s'est réveillé. Coulées de lave, glissements de terrain, tsunami, évacuation de la population. Stromboli n'était plus un isocèle parfait.

13

Au retour, je me doutais qu'Hugo allait se venger de mes absences répétées et de mes vacances.

Cela n'a pas tardé. Le jour de ma paye, le chèque qu'il m'a tendu n'était pas du même montant que d'habitude. J'ai demandé des explications. Il a coupé son sonotone et m'a tendu une feuille récapitulant mes horaires de présence du mois, à la minute près.

— Et encore, vos absences ont commencé quelques jours avant cela...

Il s'est éloigné en poussant énergiquement les roues de son fauteuil. Crouic, crouic. Il s'était mis des mitaines de coureur automobile pour ne plus avoir mal aux mains. La grosse Le Hanff avait œuvré pendant mon absence.

Je n'ai rien dit, j'ai empoché mon chèque, et j'ai vaqué à mes occupations.

Je réfléchissais à ce que je pourrais bien lui prendre en compensation.

En passant dans le vestibule, j'ai pensé à lui voler à nouveau des papillons, mais cette fois ceux qui étaient accrochés au mur, auxquels il disait tenir vraiment parce qu'il les avait attrapés lui-même.

Je les offrirais à Olivier.

Au moment où j'allais décrocher le petit cadre de bois, je l'ai entendu arriver sur ses roues. J'ai fait deux pas rapides vers la chambre, pour qu'il ne se doute de rien. Quand il est arrivé dans l'embrasure de la porte, j'étais en train de faire son lit, comme une employée modèle. Il s'est senti gêné. Je me suis interrompue et je l'ai regardé d'un air interrogateur, comme si je croyais qu'il était venu pour me dire quelque chose. Il s'est raclé la gorge, puis il a fait demi-tour avec difficulté, et il est reparti dans l'autre sens.

Je savais ce que j'allais faire.

Prestement, j'ai ouvert la porte du placard en silence et je me suis accroupie pour regarder le rang du bas. J'ai fait défiler les petits volets sans bruits, comme on feuillette un livre délicat, jusqu'à ce que je trouve les deux papillons jaunes de Thaïlande. J'ai enfoui la boîte de verre dans mon pantalon. J'ai volé la pince à épiler sur l'étagère et je l'ai glissée dans ma poche. Je suis allée aux toilettes. Agenouillée sur le carrelage, j'ai enlevé le verre en faisant le moins de bruit possible et j'ai décollé les deux petites voyageuses thaïlandaises. J'ai ouvert le placard en hauteur où je rangeais le papier toilette et les couches, et j'y ai posé cadre et insectes.

Il n'était pas posté dans le couloir, tout allait bien. J'ai attrapé mon plumeau dans le placard à balais. En époussetant les plinthes de mes plumes vertes et mauves, je suis revenue dans le vestibule, l'air de rien. Et cette fois, c'est en trente secondes que j'ai décroché le cadre, sans une hésitation.

La télévision criait une publicité pour les pruneaux qui n'avait pas changé depuis plus de vingt ans (déjà dans mon enfance le vieil homme cueillait les fruits d'un air ravi en chantant le même air). Hugo ne remarquerait pas la trace grise sur la tapisserie du vestibule pendant ma petite manœuvre.

J'ai fait coulisser le cadre et j'ai saisi les deux petits insectes beiges qui y étaient couchés depuis qu'Hugo les y avait épinglés. J'ai attrapé leurs petits collègues jaunes dans le placard du haut, et j'ai interverti leurs cadres. J'ai rangé les papillons auxquels il tenait tant, et dont il se rappelait soi-disant chaque instant de leur capture, chaque reflet. Et puis j'ai j'exposé les petites ailes d'Asie dans le vestibule. Les deux papillons accolés semblaient lumineux au milieu des feuilles sombres du tissu mural. Bien malin qui s'apercevrait de la différence, surtout avec des trous de mémoire et des yeux vieillissants.

Hugo n'y verrait que du feu.

J'avais été maîtresse de son présent ; je maîtrisais maintenant aussi son passé.

Mais le soir venu ma vengeance m'a semblé dérisoire. Le vieux fou l'était tellement qu'il ne s'apercevrait même pas de mes petits changements, et moi ça ne m'apportait rien. Les papillons, ce n'était pas assez, compte tenu de l'affront qu'il m'avait fait, et du manque à gagner. J'ai passé la soirée à chercher ce que je pourrais lui prendre. Je ne manquais pas d'argent, Olivier payait tout, les restaus, les sorties, les courses, Royal, comme il disait. Mais je ne pouvais pas laisser passer ça.

C'est au petit matin que j'ai pensé à Saint-Eloi, sa maison de campagne qu'il appelait du nom du village où elle se trouvait.

Le jour même, je lui ai volé les clés dans la buanderie, et dès que je suis sortie de chez lui j'ai foncé vers l'est. Mon domaine s'agrandissait. Je regardais le gris de l'asphalte et le vert des bordures, les terres étaient détrempées par la pluie, les forêts étaient noyées, elles laissaient peu à peu place à la lande.

Je n'avais aucun scrupule vis-à-vis d'Hugo, après tout, personne n'en profitait, de cette maison. Et puis ce vieux grincheux n'avait à s'en prendre qu'à lui-même.

C'était un tout petit village en pierre perdu au milieu des dunes. Trente maisons à peine autour d'une petite chapelle, et dix, peut-être, aux alentours. L'air sentait l'aubépine et le varech. Les rues étaient en sable. J'ai fait le tour du village en serrant les clés rouillées dans ma poche. Je me demandais quelle maison ce serait. Celle-ci était trop grande, une autre avait un double vitrage – pour ne pas entendre la mer ? Hugo avait du goût, cela ne pouvait pas être celle-là.

Une vieille paysanne est sortie de sa maison gardée par les hortensias et elle est venue vers moi.

— Vous cherchez quelque chose ?

— Non, je me promène. C'est un joli village, je ne le connaissais pas. Pourtant je suis du coin.

Elle s'est radoucie.

— Il faut que vous alliez vers les dunes, là-bas, près des étangs, il y a encore des iris, vous verrez, vous pourrez en cueillir pour ramener chez vous. Ils sentent bon, c'est des sauvages.

Je suis partie vers le large. Je suis passée derrière les dernières maisons du village, et j'espérais secrètement que celle d'Hugo était là – à l'écart, protégée à la fois du village et des intempéries, au secret. Du village à la mer, il y avait environ trois kilomètres de dunes – du sable à l'infini, et la mer au bout. Quelques petits murets à l'irlandaise couraient le long des crêtes, et des vestiges du mur de l'Atlantique subsistaient ici ou là. Le soleil baissait, la lumière était dorée. Les cris des mouettes faisaient comme des jappements. J'ai atteint un petit étang d'eau croupissante où sautaient des têtards, au creux d'une dune arrondie, effectivement entouré d'iris sauvages, jaunes et violets. Les fleurs avaient plusieurs couches de pétales veloutés qu'elles écartaient comme des effeuilleuses pour laisser voir des dessous blancs et fragiles de mariée qui exhalaient une odeur tiède. Les nervures de leurs ailes ressemblaient à celles des papillons d'Hugo. J'en ai coupé quelques-uns pour sentir l'odeur verte de leurs tiges droites. Je me sentais violente et lumineuse à la fois. Mon cœur m'a semblé ralentir un peu, la mer y bombait doucement. J'ai attendu la nuit, en tripotant les clés dans ma poche.

Le soir tombé, je suis revenue vers le village. C'était encore plus simple de voir quelles maisons étaient inoccupées. Il n'était pas trop tard et les gens n'étaient pas couchés. La plupart regardaient la télé, je voyais les ombres bleues danser derrière leurs fenêtres, au même rythme. Ils regardaient le même programme.

J'ai avancé dans les petits chemins de terre bordés d'herbes hautes, orange à la lumière des quelques réverbères. J'ai commencé par les maisons les plus loin du centre. C'était le moins risqué, et c'étaient celles que j'aurais préférées si j'avais eu le choix. J'ai vu tout de suite que les clés ne rentreraient pas dans les deux premières serrures. Mais quand j'ai suivi le tout petit sentier en ornière qui se glissait entre ces deux maisons pour aboutir à une petite longère cachée derrière elles, j'ai su que je touchais au but. Je savais que Hugo aurait eu le coup de foudre pour cette maison comme j'étais attirée par elle.

Elle était de plain-pied, en pierre modeste, avec des volets peints du bleu des pêcheurs. La clé est entrée toute seule. Les meubles dataient des années soixante, soixante-dix, sans doute au hasard des rebuts. Un frigo jaune trônait dans la cuisine. Du bric-à-brac. Un escalier en colimaçon. Quelques toiles de petit format. La femme d'Hugo peignait. Je me suis approchée du nu d'un homme, de dos. Mes yeux se sont arrêtés sur sa signature. H-é-l-é-n-a. Elle avait signé en détachant les lettres avec soin, inscrivant sa marque à elle à jamais dans la toile. On voyait bien les touches de pinceau et les traces de couteau; elles étaient comme les réminiscences des gestes d'Héléna, de la pose d'Hugo, de son corps à quarante ans, et de leurs éclats de rire, de voix, figés à jamais dans la térébenthine.

A l'étage, une chambre aménagée dans le grenier. D'autres toiles encore, comme une façon de garder intacte sa façon de voir le monde.

Chez Hugo, il n'y en avait pas une seule.

De la fenêtre, à travers les feuilles d'un figuier qui l'avait envahie, on pouvait voir la mer. Par terre, une longue-vue, comme chez lui.

Je suis redescendue après une petite reconnaissance des lieux, et c'est affalée sur le canapé que j'ai appelé Olivier de mon portable. Je lui ai donné rendez-vous au croisement des routes à l'extérieur de la ville.

Je l'attendais, un peu inquiète sur le parking désert, quand il a surgi derrière moi en hurlant comme un enfant. J'ai réprimé un cri joyeux. Il a laissé sa voiture là et nous sommes partis avec la mienne. Sur la voie rapide, la voiture roulait à fond de train.

En arrivant au village, vingt minutes plus tard, je lui ai dit qu'on ne devait pas faire de bruit. J'avais peur qu'on se fasse remarquer. Il était ravi de cette entreprise secrète. On a filé dans la nuit, dans les herbes folles le long des murets, en pouffant de rire. Je sentais son pouce niché dans le creux de ma main.

Il a adoré la maison, il a dit qu'elle me reflétait bien, comme si elle était à moi. Je n'ai pas démenti. Il était fier que je l'invite dans ma maison de famille, il prenait cela comme une marque de confiance, comme la preuve que notre relation s'installait. Je lui ai fait faire le tour du propriétaire.

Dans la chambre, j'ai remarqué l'armoire que je n'avais pas encore ouverte, pressée que j'étais qu'Olivier vienne me rejoindre. J'ai tourné la clé sans réfléchir, parce que ma curiosité était plus forte que tout. Elle contenait les affaires d'Héléna, qui était morte depuis vingt ans. Les habits suspendus étaient tous démodés. Olivier a eu l'air surpris. Je lui ai dit que ces vêtements étaient ceux de mon oncle Hugues et de sa femme, qui s'était noyée quelques années plus tôt alors qu'ils passaient leurs vacances ici, et que personne n'avait osé y toucher depuis. A peu de choses près, c'était la vérité, elle avait disparu en mer, c'était une des seules choses que je savais sur elle. A ce moment-là, Olivier a ouvert le tiroir qui coupait l'armoire en deux, il y avait des dizaines de soutiens-gorge et de culottes en dentelle de toutes les couleurs. Je n'en revenais pas. Je n'aurais jamais pensé ça de ce vieil impotent. Olivier a sifflé avec un enthousiasme mêlé d'ironie.

— Dis donc, il a dû s'en fabriquer, des souvenirs, ton oncle...

J'ai refermé le tiroir en disant que ça ne se faisait pas, de fouiller dans les affaires des autres, surtout des morts. Mais il a repoussé mon bras.

— Oh, tu parles, qu'est-ce que ça peut faire ! Tu la connaissais bien, cette tante-là ?

— Non non, pas beaucoup...

De la masse de lingerie emmêlée, il a sorti un soutien-gorge bariolé et me l'a tendu en rigolant.

— Alors... Mets-le...

— Arrête...

— Pour me faire plaisir...

J'ai commencé à me déshabiller, un peu à contrecœur, sans le quitter des yeux. Il s'est assis sur le lit en continuant de me fixer, amusé. J'ai mis le soutien-gorge, il était un peu petit et mes seins débordaient des balconnets. Il les a saisis par les pointes et les a forcés à rester cachés. Il a fait rougir ma peau le long des dentelles avec l'ongle de son pouce d'enfant. Ma poitrine s'est marquée instantanément de petits dessins rouges et tarabiscotés. Son pouce fragile et difforme semblait déplacé sur ma peau jusqu'alors intacte.

Il m'a soufflé Héléna à l'oreille. Est-ce qu'il avait deviné quelque chose ? J'ai pensé à Hugo. Pauvre vieux, je me suis dit, tu sais bien ce que tu perds.

J'ai dormi dans la chemise de nuit d'une autre, dans les draps d'un autre, dans la maison d'un patient dont j'avais volé les clés, et je crois que je n'ai jamais aussi bien dormi.

14

Lorsque je suis arrivée en fin de matinée, Alice avait rêvé qu'elle pissait, et du coup elle avait trempé sa couche qu'on ne lui avait mise jusque-là que pour les petites fuites. Elle était pétrifiée de honte dans son lit. J'ai tenté de la tranquilliser, mais je n'y arrivais pas.

— C'est le dernier rempart, elle disait, on pisse au lit et après qu'est-ce qu'il reste... Déjà que je ne vois plus bien et que je ne sais plus marcher seule... C'est le dernier rempart, je vais être comme ces... choses, là, ces drabatiques...

— Ces grabataires...

— Ces *grabataires* qui dégoûtent tout le monde, et qui ne savent plus manger, et qui se pissent dessus...

— Allons, Alice, vous savez bien que ça peut arriver, un rêve et hop ça part, c'est comme les enfants qui s'oublient... N'allez pas vous inquiéter pour ça, voyons, ça arrive à tout le monde... Et puis c'est ma faute, je suis arrivée tard ce matin...

Mais voilà : Alice avait l'âge où l'oubli d'un nom vous torture parce qu'il semble annoncer une déchéance irréversible, et où l'absence due à un rêve révèle la dépendance du corps. Bien sûr, je mentais, j'exagérais, en lui rinçant les fesses dans l'odeur de pipi.

A quel âge était-on vieux ?

Je l'ai changée. Elle était soucieuse. Elle a dit :

— Je ne veux pas devenir trop dépendante. Ma fille me ferait quitter ma maison.

Elle n'utilisait plus que deux pièces mais elle préférait rester dans sa grande maison inutile. Elle n'avouerait jamais que c'était parce qu'elle avait toujours eu une peur bleue de finir dans un hospice et qu'elle ne pouvait plus revenir en arrière – un peu comme moi et ma peur de finir vieille fille. Je comprenais son attitude et son angoisse. Elle ne changerait pas d'avis. Et elle ne se rendait pas compte qu'une maison spécialisée, de toutes façons, ne l'accepterait plus dans son état.

— Vous resterez chez vous, ne vous en faites pas. Entre l'infirmière qui passe trois fois par semaine, le kiné deux fois, et moi deux fois par jour, vous êtes parfaitement soignée ici. C'est comme une hospitalisation à domicile, votre fille a pris les devants pour qu'on s'occupe de vous.

Elle n'a rien dit sur le moment. Elle est restée songeuse. Et puis nous avons changé de conversation. Les jours rallongeaient, le présentateur de la météo s'en réjouissait, Demain trois minutes de soleil en plus, figurez-vous qu'en dix jours nous avons quand même gagné vingt-neuf minutes. Les températures étaient de saison, mais nous étions en janvier et Alice avait toujours froid aux pieds. Le chauffage était au maximum, il faisait trente degrés dans la cuisine et comme d'habitude en hiver j'étais en tee-shirt dans la maison, mais j'avais beau lui enfiler deux paires de chaussettes l'une sur l'autre et lui masser les pieds, rien n'y faisait, le bout de ses pieds était glacé comme si le sang n'y circulait plus, comme si le soleil d'hiver était trop faible pour elle.

Le lendemain, sa fille m'a fait signe pour qu'on s'éloigne dans le salon, comme elle le faisait toujours quand elle voulait me dire quelque chose qu'Alice ne devait pas entendre.

— Qu'est-ce que vous lui avez dit, hein ? Elle a été odieuse tout l'après-midi, et elle n'a cessé de me répéter que je l'avais hospitalisée ! Qu'est-ce que vous lui avez dit pour qu'elle pense ça ?

— Oh, je suis désolée, je n'ai pas pensé que ça la troublerait à ce point, vous savez, elle avait uriné dans son lit, hier, et elle en était choquée, alors je lui ai dit que tous ces gens qui s'occupent d'elle, c'était mieux qu'à l'hôpital, ou quelque chose dans ce genre... Qu'elle était comme hospitalisée à domicile...

— Vous avez dit « hospitalisation à domicile » ? Voilà, c'est ça, c'est ça... Ça a dû la bouleverser, quand je suis arrivée, elle se croyait à l'hôpital, elle disait qu'elle entendait du bruit dans les autres chambres... Vous vous rendez compte ?

Merde. Alice aussi commençait à dérailler, et je ne m'en étais même pas aperçue. Sa fille paniquait. Alice serait mauvaise avec elle encore pendant plusieurs mois, peut-être plusieurs années, pour se venger de la perte de ses moyens comme elle avait dû se venger sur elle de la perte de ses idéaux, pendant sa jeunesse. Certains vieillards réagissaient comme ça, d'autres changeaient complètement de caractère, mais tous, toujours, devenaient encore plus reconnaissants envers moi. Ils n'écoutaient plus que moi. Si j'avais voulu, d'ailleurs, j'aurais déjà entièrement dérobé l'attention d'Alice. J'aurais déjà détourné un ou deux testaments aussi. Sa fille commençait à sentir mon pouvoir, et c'était de cela qu'elle avait peur, peut-être – d'un vol d'argent, ou d'affection.

— Je suis désolée, Madeleine (elle avait horreur que je l'appelle par son prénom, elle aurait préféré que je reste à ma place de chienne de compagnie mais je ne lui ferais pas ce plaisir), je n'ai pas pensé à mal, au contraire, j'ai tenté de lui expliquer que vous aviez tout fait pour qu'elle reste chez elle comme elle le souhaitait.

Ce n'était pas tout à fait vrai. En lâchant le mot je savais que je mettais le ver dans le fruit, et qu'elle le ressortirait à sa fille sous forme de reproche. Ce que je ne savais pas c'était que cela la toucherait au point qu'elle en perde la tête.

— Et puis, je voulais vous dire, tant qu'on y est, arrêtez de lui servir tant de porto, j'en suis rendue à lui en acheter une bouteille par semaine, c'est beaucoup, tout de même, alors je ne suis pas contre les petits plaisirs, mais ce n'est pas bon pour elle de boire ces quantités, son cerveau, vous comprenez, sa mémoire, ça ne peut pas lui faire de bien, c'est entendu ?

— J'entends bien, mais quand elle réclame ?

J'avais dit « j'entends bien » en riant intérieurement, je faisais ma Isabelle Le Hanff, les gens qui disaient « j'entends bien » au lieu de « je comprends » étaient ridicules, tout autant que ceux qui bradaient l'absolu en disant « absolument » à toutes les sauces. Elle était en train de m'expliquer que quand Alice me demandait de la resservir, il fallait que je lui verse une larme dans son verre puis que je fasse bien entendre le bouchon de liège qui referme la bouteille et la porte du frigo qui claque bien, vous comprenez, Claire, elle ne voit plus, mais elle entend encore bien, c'est pour sa santé que je vous dis ça.

Mais moi j'aimais bien resservir un petit coup de porto Calem, à Alice, du Calem parce que c'était son préféré et que ça lui faisait plaisir, elle était plus gaie malgré tous ses malheurs, et puis c'était devenu comme un rite entre nous, comme un secret bien partagé. J'aimais aussi la faire boire parce que ça lui déliait la langue. L'autre jour elle m'avait dit qu'elle avait perdu le paquet de lettres que son mari lui avait envoyées pendant la guerre, avant qu'il ne soit son mari. Elle les avait cherchées après sa mort, oh, un an au moins après, pour ne pas que cela lui fasse trop de mal, mais elle ne les avait jamais retrouvées. Elle avait demandé à sa fille et à ses petits-enfants de les chercher dans la maison, mais ils n'avaient rien trouvé non plus.

— Cent lettres, il y avait, cent lettres au moins... Il faut dire que je l'ai attendu sept ans... Sept ans. Il est parti au service en 38, en 39 il était – mobilisé. Quand il est parti, je lui ai dit de m'écrire chaque semaine pour que je sache qu'il était toujours vivant. Je lui ai dit Antoine, faisons ça, comme ça je saurai que tu es en liberté. Mais je ne pensais pas être arrêtée... Pendant trois ans, j'ai lu et relu les lettres qu'il m'avait envoyées pour avoir l'impression de les recevoir semaine après semaine, et pour garder l'espoir qu'il était en vie. Trois ans sans nouvelles, et sept ans en tout. Je l'ai attendu sept ans.

— Mais les lettres, alors, à quel moment ont-elles disparu ?

— Oh, longtemps après, puisque quand on a déménagé en... 76 je les ai mises dans le grand buffet, dans le tiroir près de ma bague de fiançailles, tiens, le rubis, il faudrait d'ailleurs vérifier s'il y est toujours... (il y était, dans sa petite boîte, et elle ne l'avait donc pas laissée là par hasard) Et puis régulièrement je les relisais... Mais quand il était malade, il a dû se dire que ça me ferait trop de mal. Et il avait raison sans doute... Alors soit il les a *bradées*... brûlées, soit il les a cachées quelque part. Tu comprends, ce sont des lettres d'amour, tout de même, alors même si évidemment il n'y avait rien d'indécent – c'étaient des lettres d'amour, tout de même.

Je n'ai pas cherché les lettres d'amour d'Alice. Je savais qu'effectivement cela lui ferait plus de mal que de bien, et puis surtout, je n'en avais plus ni l'envie, ni le temps. Alice ne relira jamais ses lettres d'amour avant de mourir. Personne d'autre que moi ne les cherchera maintenant. Et moi je ne les chercherai plus.

15

Ce soir-là, j'ai retrouvé Olivier à Saint-Eloi. Et puis les soirs qui ont suivi. Nous nous sommes installés là. Cela faisait longtemps que je n'avais pas accepté de vivre avec quelqu'un, mais après nos vacances volcaniques ça m'est apparu comme une évidence. Nous avons peu à peu construit nos habitudes, celle de prendre l'apéritif tous les soirs par exemple, une chose de plus que je ne faisais jamais auparavant et que je m'étais mise à apprécier avec Olivier. Le madère d'Hugo (et Héléna) était délicieux, la chaleur montait à mes joues à mesure que la nuit tombait. Les jours rallongeaient. Tout, dans la maison, était moite et salé par la mer toute proche, comme la vase, comme la naissance, comme le liquide amniotique. Sur la cheminée devant moi, il y avait des photos d'Hugo et de sa famille, de celles qui résument la vie de tout le monde.

J'étais perdue dans la veste trop grande d'Olivier, face au feu.

Le soir je le laissais s'endormir avant moi, je posais mon livre et je le regardais, tout entier livré à moi, dans un rêve que je voulais consacré à moi, à nous. Parfois ses yeux laissaient filtrer une rainure de blanc, comme les enfants qui s'endorment trop vite, et je posais mes doigts sur ses paupières pour qu'elles se referment sur ses iris, pour que ses tournesols se tournent vers le soleil de son théâtre intérieur, où j'espérais avoir le plus beau rôle. Le temps s'accélérait, il filait entre mes doigts comme un sable fin, doux, lointain. Chaque semaine me laissait plus amoureuse de lui, plus détendue, plus confiante. Plus dépendante aussi. Mais en retour il se livrait plus, il calait son rythme de vie sur le mien, il travaillait moins lui aussi. Il me parlait peu de ses articles, et je n'en avais jamais vu de récents, mais il me racontait ses rencontres et ses interviews, les cocktails et les vernissages, les clubs politiques et les affaires financières, le soir, en rentrant. Je vivais tout cela par procuration. Avec un peu de jalousie, aussi. J'avais peur des femmes qu'il ne manquerait pas de rencontrer dans ces occasions. Toute heure passée sans lui m'était volée par quelqu'un. Toute heure passée seule avec lui comptait double. Lui non plus ne voyait plus beaucoup d'amis.

Un soir de février, nous nous sommes disputés, bêtement, à propos de mon travail. Je bavardais tranquillement, à raconter ma journée comme tous les soirs, et Olivier m'a paru fâché. Je l'ai questionné sur son visage fermé. Il m'a dit qu'il n'en pouvait plus d'entendre tous les soirs mes histoires de vieillards, elles étaient sinistres, selon lui. Il a dit que j'y consacrais trop de temps, trop de pensées. Moi, j'avais toujours considéré mon métier comme noble, sensé, généreux, je n'ai pas vraiment réussi à le lui dire, parce que sa bouche disait *malsain, dangereux, morbide,* son visage était en colère et je ne savais pas quoi lui répondre. Nous ne touchions plus à nos assiettes – du lapin en sauce, Olivier n'aimait pas le poisson, je n'en mangeais plus beaucoup – nous nous regardions comme deux lutteurs avant le combat. J'ai fini par murmurer Que veux-tu que je fasse ? Je ne sais rien faire d'autre, en baissant les yeux, et ça l'a un peu calmé. Il m'a dit que je devrais peut-être m'occuper d'enfants, que ça au moins, c'était gai, joyeux, les rires des enfants, il n'arrêtait pas de dire ça, et je n'ai pas osé lui dire qu'un rire de vieille dame qui danse la valse parce que la tête lui tourne, c'est tout aussi touchant.

J'ai été surprise de cette soudaine colère d'Olivier, et du silence qui a suivi. Pendant deux jours, il ne m'a pas parlé. J'en étais malade. J'attendais un signe de lui, je le regardais, tentant de capter son attention, mais il faisait comme si je n'existais pas.

Le second jour, juste après avoir couché Alice, je suis montée jusqu'à mon fauteuil bleu, pour réfléchir. Je devais cesser de lui parler de mon travail, puisque c'était trop dur pour lui. Je me suis félicitée de ne jamais lui avoir confié mes visites et mes enquêtes sur mes clients. Plusieurs fois, j'avais été sur le point de le faire, les mots étaient formulés dans ma tête, prêts à sortir, quand je les avais bloqués – et j'avais eu raison. Puisqu'il était choqué pour un rien. Puisqu'il me trouvait déjà bizarre alors qu'il ne connaissait rien de moi. Il ne fallait pas qu'il sache, pour Saint-Eloi. Il fallait que je lui montre un visage lisse et un caractère égal, pour qu'il reste avec moi. Parfois je me mordais les lèvres en attendant que ça passe. En silence. Surtout ne pas le dire, Tais-toi, tais-toi, ma fille, attends que ça passe, pense à autre chose. Il continuerait de penser que ce n'était pas un métier pour moi, mais nous n'en parlerions plus. Ce ne serait plus exactement le même bonheur qu'au début, la même liberté l'un envers l'autre, puisque je me surveillerais, et lui aussi sans doute, et que nous saurions désormais que nous n'occuperions jamais la même bulle identique. Nous ne serions jamais en osmose parfaite comme je l'avais rêvé. Peut-être étions-nous déjà trop vieux pour ça. Le prince charmant de mon enfance s'enfuyait dans une tempête d'éclaboussures, son cheval blanc avait les jambes pommelées de taches de boue. Mais au moins il existait, le cheval aussi, et la petite maison au bord de la mer pour loger tout ça.

Pour la première fois depuis notre rencontre, je n'avais pas envie de rentrer après mon travail. Il fallait que je me détende. Ce soir j'arriverais à lui parler.

J'ai eu une idée. Je suis redescendue au rez-de-chaussée.

J'ai marché le cœur battant dans le couloir sombre, et je suis entrée discrètement dans la salle de bains. J'ai retiré ma robe, une de celles que j'avais prises à Alice d'ailleurs, une des seules qu'Olivier aimait bien, puis j'ai déroulé les collants, méticuleusement, le long de mes jambes. La peau de mon ventre était si fine qu'on y voyait le bleu des veines, le long des hanches, comme si elle s'effaçait.

Je me suis regardée dans les yeux pour essayer d'y déchiffrer quelque chose. Mon regard était impudique et douloureux, jamais je n'aurais regardé quelqu'un d'autre de cette façon-là. J'y ai vu ses iris-tournesols.

Je suis restée face à la glace, les bras pendants, le corps nu, jusqu'à ce que la buée blanche, étouffante, rende mon image méconnaissable. Alors seulement je me suis glissée dans la baignoire à l'émail brillant. Alice aurait tant aimé prendre un bain. Le bain me faisait du bien, le plaisir du sacrilège s'ajoutait à la douceur de l'eau, de ses produits de beauté qui sentaient encore bon. Elle aurait été furieuse de me voir ouvrir les flacons et en renverser partout, elle si maniaque. J'ai ri toute seule, comme elle le faisait parfois, d'un éclat bref et presque muet. Mes cheveux flottaient à la surface. La bonde gênait mon pied. J'ai enfoncé mon visage sous l'eau claire, les yeux ouverts pour regarder les petits carreaux bleus qui se déformaient lentement.

J'avais passé l'âge de rencontrer quelqu'un d'autre. Je n'en aurais plus la force. Si Olivier ne revenait pas, je finirais ma vie seule.

J'attendrais que la nuit vienne.

J'ai laissé ce soir-là venir tandis que l'eau se refroidissait.

Le bout de mes doigts était mou à force d'être resté dans l'eau, les empreintes étaient devenues de minuscules sillons roses et blancs.

Je me suis rhabillée lentement, en réfléchissant à ce que j'allais lui dire. Je me suis assise en équilibre sur le rebord de la baignoire. Mes cheveux trempaient mon cou et la laine de mon pull commençait à coller à ma peau, mais je n'y ai pas vraiment prêté attention. Des gouttes tombaient sur le sol. La tête penchée en avant, je regardais l'eau descendre lentement du bout de mes mèches châtain et venir s'écraser sur le carrelage en de minuscules averses.

Je ne ferais aucune allusion à notre dispute. Comme si de rien n'était, et tout recommencerait comme avant.

J'ai passé ma serviette de bain dans la baignoire, puis j'ai été la mettre dans la machine à laver, à la cuisine. Je mettais de l'eau partout, et je l'essuyais vaguement en laissant traîner ma serviette par terre. Ça sécherait en faisant des marques sur le sol. Je m'en foutais. Au besoin j'inventerais une histoire.

Hugo n'avait pas l'air d'avoir remarqué l'absence des clés. Je comptais remettre l'original en place après en avoir fait un double, mais je le repoussais toujours au lendemain. Nous vivions chez lui depuis bientôt deux mois. Je croisais de temps en temps le couple de retraités hollandais qui habitait non loin de chez nous, et je les saluais le plus naturellement du monde.

Hugo avait de plus en plus mauvais caractère. Plus il souffrait, plus il semblait condamner ma bonne humeur, ma bonne santé. Il me reprochait de transpirer, par exemple. Au début je l'avais cru, j'avais acheté déodorants et autres anti-perspirants, mais peu à peu je m'étais aperçue que c'étaient des odeurs imaginaires, qu'il inventait soit pour m'emmerder (ce qu'il parvenait parfaitement à faire), soit en y croyant vraiment, son inconscient refusant toute odeur de vie. Je penchais cependant pour la première version, Hugo ayant l'irritation facile et du fiel à revendre.

Il disait,

— Vraiment, Claire, je ne sais pas ce qui sent comme ça, vous dites que ce n'est pas vous, mais personne d'autre ne vient ici alors je me demande bien qui, pouah,

alors j'ouvrais la fenêtre en grand et tout à coup entrait l'odeur de l'océan, que j'avais comme oubliée depuis longtemps, incongrue qu'elle était dans l'antre d'Hugo qui aurait dû sentir la terre plutôt que l'air, l'iode, l'eau et l'immensité.

Il disait,

— Vous avez changé de parfum, Claire ? Et bien merci de ne plus en mettre quand vous venez chez moi, vous savez pourtant que j'ai le nez sensible, c'est peut-être ce parfum, trop boisé, qui me fait dire que ça sent la sueur,

alors je refermais la fenêtre puisque ça ne servait à rien, qu'à nous faire attraper du mal, comme disait Rose. Ma gentille Rose, toujours douce, toujours polie, toujours l'air de s'excuser pour le dérangement.

Il disait,

— Je ne sais pas ce que ça sent, mais il y a un aliment qui a dû tomber derrière un placard, ça sent la petite fille sale, voyez,

et là seulement je l'envoyais sur les roses en lui disant que c'était peut-être sa propre odeur qu'il ne sentait plus.

Et là, seulement, il se taisait, et j'étais tranquille pour la matinée.

Et puis un jour il m'a laissé le laver, le raser, tout en silence, et je me demandais d'où la flèche allait être tirée, lorsqu'au moment où je lui préparais à manger, il a calé sa chaise roulante dans l'embrasure de la porte :

— C'est vous qui êtes allée à Saint-Eloi ?

— Ça ne va pas, qu'est-ce qui vous prend ?

— Répondez. Avec qui êtes-vous allée chez moi ?

Catastrophe. Autant jouer franc-jeu. J'ai répondu en réprimant un soupir :

— Je suis désolée, Hugo. J'aurais dû vous prévenir.

— Vous étiez désolée d'avoir fouillé dans mes placards, et voilà que vous êtes désolée de vous être introduite chez moi ? Mais qu'est-ce que vous cherchez, à la fin ?!

Depuis quand savait-il que nous occupions les lieux ?

Il est entré dans la cuisine et m'a bloqué le passage de sa chaise roulante.

— Laissez-moi passer... Je voulais juste partir en week-end, et je n'en ai plus les moyens. J'ai subi dernièrement une diminution de salaire.

— Rendez-moi les clés.

J'ai essayé de contourner sa chaise, mais c'était impossible, elle faisait quasiment la largeur du couloir.

— Je ne les ai pas sur moi. Je vous les rendrai cet après-midi.

— Je sais que vous n'y êtes pas allée que ce week-end. Qui était le jeune homme avec vous ?

— Ça ne vous regarde pas.

— Vous allez me répondre, maintenant. Vous couchez dans mon lit, je peux bien savoir avec qui !

Quelqu'un du village avait vendu la mèche. Peut-être la vieille que j'avais croisée le premier jour. Elle le regretterait.

Il me toisait :

— Non mais regardez-vous, avec vos marques dans le cou, comme une collégienne ! Vous croyez que je n'ai rien vu ! Vous me dégoûtez ! Rendez-moi les clés, maintenant, je sais que vous les avez sur vous.

— Mais traitez-moi de menteuse, tant que vous y êtes ! Je vous dis que je ne les ai pas. Je vous les rendrai cet après-midi.

— Vous croyez que je ne m'en suis pas aperçu, que vous fouillez partout ? Vous voulez que je vous dénonce ? Vous voulez perdre votre emploi ?

— C'est ça, et vous trouverez quelqu'un d'autre, sans doute, avec votre caractère de chien ? Vous êtes invivable, mon pauvre Hugo, je suis la seule à pouvoir vous supporter !

— Mais vous vous croyez indispensable ? Vous croyez qu'on ne peut rien faire sans vous ?

— Parce que vous pensez que vous pourriez encore vivre tout seul ? Vous en êtes incapable, vous m'entendez, incapable ! Et comme aucune de mes collègues ne veut s'occuper de vous tellement vous êtes mauvais, vous allez finir en maison de retraite !

J'avais pris le risque qu'il me dénonce illico, mais j'ai vu son menton trembler, je l'avais blessé. Il se savait dépendant de moi. J'ai jeté son assiette sur la table et je lui ai servi ses haricots verts alors qu'ils n'étaient pas assez cuits. Il s'abîmerait les dents.

— Sinon, vous pourrez aussi écrire aux journaux, il paraît qu'ils vous connaissent, aux Nouvelles de l'Ouest, on m'a dit qu'à la rédaction, ils vous appellent le vieux fou ! Ils en ont marre, de vos lettres et de vos appels, les secrétaires vous passent la stagiaire du moment en riant entre elles ! Vous êtes devenu une épreuve de bizutage, mon pauvre Hugo !

Savourant ma victoire, j'ai ajouté comme un ordre :

— Laissez-moi partir, maintenant, j'ai d'autres patients à voir.

Il a reculé sa chaise roulante et je me suis faufilée en fuyant son regard.

Il m'a lancé :

— Vous n'avez pas intérêt d'y retourner, en tout cas, c'est moi qui vous le dis !

Tu peux toujours crever.

J'ai roulé le long de la mer vitre ouverte, tête au-dehors, les cheveux fous. J'ai eu comme un éclair de haine envers ce vieux bonhomme trop curieux, trop égoïste. Je le voyais passer par-dessus la falaise dans sa chaise roulante, tomber dans la mer et y faire naître de l'écume blanche, immaculée.

Il devenait pénible, nerveux, suspicieux, radin. S'il me dénonçait, je pourrais mettre ça sur le compte de la sénilité, mes collègues me soutiendraient. Ou alors, plus simplement, j'allais lui augmenter ses rations de calmants. Il ne nous emmerderait plus. Il ne nous ferait rien. Vieux tocard. Je retournerais à Saint-Eloi avec Olivier, et je n'aurais pas à lui avouer que j'avais menti.

Alors, avec le vent, je me suis souvenue que c'était un pauvre vieillard banal avec une curiosité banale et une vie banale, qui s'agitait vainement comme une souris aux petits pas frénétiques, impuissant à changer quoi que ce soit autour de lui, et sur lequel j'avais tous les pouvoirs, et j'ai réussi à me calmer un peu avant d'arriver chez Anne-Louise.

Je lui ai beurré ses deux petits pains au lait. Elle mangeait religieusement, sans moufter. J'ai sorti le journal. *Le gouvernement, une machine à communiquer, Télé-réalité, nouvelle formule, Espoirs pour l'arthrite, Meurtre d'amour, deux ans avec sursis, Crise du porc : les femmes des éleveurs entrent dans l'action.*

J'en ai vite eu marre. Mais que faire d'autre que lui lire le journal ou lui donner à manger en attendant qu'elle s'endorme ? Elle ne dormait pas.

Je pensais à Saint-Eloi. Comment allait-on faire ? Je ne pouvais rien dire à Olivier. Anne-Louise me regardait avec des yeux ronds, attendant l'animation de l'après-midi. Cela m'a agacée. J'aurais voulu être tranquille, dans la maison du creux des dunes, ou même chez Alice dans mon fauteuil bleu pour réfléchir à tout ça, mais Anne-Louise me regardait, la bave aux lèvres à force d'attendre.

— Les photos, Claire ?

— Vous voulez qu'on regarde des photos ?

— Voui, médème.

Je suis allée chercher une douzaine de photos dans le petit secrétaire. J'ai éliminé d'emblée celles qui montraient Marie-Luce, je n'avais pas l'énergie pour ça. J'ai pris des photos anciennes, celles de sa jeunesse, celles dont elle avait le plus de chances de se souvenir. Quelques-unes avaient été prises lors de leurs vacances en Italie. Je me suis rappelé la phrase notée quelque part, *Pourquoi je ne me souviens que de l'été 1963 en Italie ?*

C'est là que j'ai eu l'idée de sortir la photo du Stromboli de mon portefeuille et de la mêler aux autres.

Anne-Louise a feuilleté les photos les unes après les autres comme on mélange un tas de cartes. Elle ne s'est pas arrêtée sur la mienne.

Puis elle les a reprises une par une et les a commentées paisiblement.

— Là, c'est mon cousin Julien, celui qui est mort au combat, je l'aimais bien, mon cousin Julien,

et moi j'avais hâte qu'on arrive à la mienne.

Elle a bavardé gentiment jusqu'à ce qu'elle arrive au volcan. Elle s'est interrompue brusquement. J'ai eu un peu mal au cœur de voir son regard se troubler, et en même temps je voulais voir si elle saurait dire qu'elle ne reconnaissait pas l'endroit.

Elle s'est tournée vers moi, troublée. J'ai dit, l'air détaché :

— Ça, c'est où, en Italie, non ? Vous ne vous souvenez pas ?

— Si... En Italie...

Elle inventait, sciemment. Elle était comme une élève qui n'a pas appris sa leçon et qui ment mal. J'ai tout à coup eu pitié d'elle, je m'en suis voulu, et j'ai pris la photo pour la ranger, mais elle me l'a arrachée des mains.

— Oh, Claire, dites-moi, je vous en prie...

— Je n'y peux rien, moi, Anne-Louise, que voulez-vous que je vous dise...

— Si, Claire, s'il vous plaît, racontez-moi la photo...

Alors je lui ai tout dit du volcan. La montée en soufflant, le sable noir, léger comme un oiseau, le grondement rauque de la gorge du cratère et l'impression d'être tout petit, face au monstre, tout petit jusqu'à disparaître, et puis la nuit infinie, et les pieds qui s'enfoncent dans le sable noir, de plus en plus noir, pas même la lueur des étoiles, et l'écume de la mer, en bas, et l'écume de feu, au-dessus des nuages, et le genêt, miraculeux, fragile, dont la graine avait dû être amenée par le vent, et qui avait réussi à pousser malgré tout. L'impression de flotter, l'espace d'un instant.

Anne-Louise ne s'était pas endormie. Elle avait les yeux d'un enfant qui écoute un conte. Elle m'a dit :

— C'était quand, ça, Claire ?

— C'était... Lors de mes dernières vacances, en Italie.

Elle a eu l'air déçu. Elle a dit tristement :

— Stromboli...

en faisant rouler le r, et en accentuant le premier o. Comme on aurait dit Kilimandjaro, en rêvant sur les consonances.

Alors j'ai dit :

— Vous y êtes allée, vous aussi, n'est-ce pas ?

— En Italie ? Oui.

— Oui, en 1963, n'est-ce pas, et vous vous y êtes rendue, alors, à Stromboli, non ?

— L'été 1963... Oui, oui, j'ai dû y aller... On est allés partout, vous savez, avec mon mari, on allait partout... On a beaucoup voyagé, parce qu'on aimait les vacances – et puis on avait de l'argent, et donc, oui, certainement... Stromboli... Il y a eu un film, n'est-ce pas, aussi ?

— Oui, même deux. Des films d'amour, en noir et blanc...

— ... Avec – Ingrid Bergman, je me souviens, oui... Oui, bien sûr nous y sommes allés, mon mari et moi, l'été 1963... Quel bel été... Nous étions avec Jean-Pierre – Marie-Luce n'était pas encore née, non... Un bien bel été... C'est après, que mon mari et moi, ça n'a plus bien été, vous savez...

— Allons, ne commencez pas... Vous êtes fatiguée, Anne-Louise, il faudrait vous reposer un peu... Pensez à l'été 1963 en Italie, comme c'était bien...

— Ah oui, c'est un beau pays, l'Italie, et on y mange bien...

Elle n'a plus parlé. Et puis après quelques minutes, quelques ronflements ont empli la cuisine. Anne-Louise dormait sur sa chaise, comme tous les après-midi. J'ai pris la photo pour la ranger dans mon portefeuille. Au dos, j'ai inscrit 1963.

16

Le jour suivant, quand je suis arrivée chez Gwenaël et Rose, j'ai vu le tas de bois écroulé le long de la maison, et du sang. Il y avait des traces de sang sur la terre, et des empreintes de pas mêlées, je les ai suivies en allant vers la maison, qu'est-ce qui s'est passé, je me disais, mon Dieu, pourvu que.

Il était par terre près du canapé, Rose n'avait pas réussi à le hisser pour l'asseoir, la tête appuyée aux coussins saignait. Rose arrivait de la cuisine avec une bassine d'eau chaude et un gant, elle était essoufflée, Oh, Claire, heureusement que c'est samedi et que vous êtes de retour. Ils n'avaient jamais voulu installer le téléphone, la télévision, ils avaient dit oui, mais le téléphone, ils disaient qu'ils n'en avaient pas besoin, j'ai pensé Oui, heureusement que je suis là. L'horloge continuait d'avancer de son double tic-tac. Heureusement que c'est samedi.

Gwenaël était à peine conscient. J'ai désinfecté ses blessures, à la tête surtout, pour voir, elles étaient superficielles. Rose lui tapotait l'épaule de ses doigts arthritiques, aux phalanges paralysées. Une chute, chez un vieillard, c'était toujours grave, un accident cardio-vasculaire risquait de lui faire perdre la tête, une luxation de la hanche pouvait lui ôter le goût de vivre. Tous les vieux finissaient par tomber, même s'ils en avaient peur. Quand nous serions une nation de vieillards, quand nos maisons et nos hospices en seraient remplis, d'ici peu de temps, on verrait ici et là dans les rues des vieillards tombés, attendant les secours patiemment, sur le dos comme des scarabées morts, pattes en l'air.

— Vous savez, quand je l'ai trouvé à terre près du tas de bois, il parlait tout seul, il divaguait... J'avais beau lui parler tout doucement, il avait le regard complètement perdu...

Un accident vasculaire, sans doute.

Un minuscule vaisseau perché dans son crâne claquait sous le choc, immobilisait tout son corps pour quinze minutes, paralysait son esprit un peu moins longtemps, et affectait probablement sa vie pour le restant de ses jours. La fragilité d'un petit bout de chair bleue risquait d'être responsable de sa mort.

Il ne fallait pas que Rose le sache.

Au moment où j'allais appeler le médecin, mon téléphone a sonné. Olivier. J'ai décroché.

— Tu es où ?

— Chez Rose et...

— Qu'est-ce que c'est que cette histoire Claire – C'est pas ta maison c'est ça ?

— Je t'expliquerai Olivier – là Gwenaël est tombé – il faut que j'appelle un médecin...

— J'ai été chassé de Saint-Eloi par une vieille – elle m'a demandé qui j'étais – elle m'a dit Vous n'avez pas le droit d'être là – elle allait appeler la police ! C'est la maison d'un de tes vieux ? Ça va pas Claire ? Pourquoi t'as fait ça ? Et puis pourquoi tu ne m'as rien dit ? Pourquoi tu m'as menti Claire ?

— On en discutera ce soir – là c'est compliqué...

— Non moi ce soir je ne veux pas te voir – je m'en vais ailleurs je serai plus tranquille – tu m'emmerdes avec tes histoires.

— Tu ne peux pas – tu peux pas faire ça – me faire ça...

— Mais si je peux et je vais même le faire je te le garantis – je ne suis pas un de tes vieillards comme tu dis ! Tu ne peux pas me faire tout ce que tu veux comme à eux – moi je suis valide majeur et vacciné et je fais ce que je veux et si tu m'emmerdes je vais ailleurs ! Et je t'appellerai quand j'en aurai envie ! Et si j'en ai envie !

Il a raccroché. J'ai essayé de le rappeler tout de suite, mais il avait éteint son téléphone.

Je ne suis pas disponible pour le moment laissez-moi un message et je vous rappellerai dès que possible.

Le docteur Michelard a dit qu'il fallait hospitaliser Gwenaël, et que Rose, trop perturbée par l'accident, ne pouvait pas être laissée seule. Elle voulait l'envoyer à la résidence du Petit Phare. Rose a refusé, mais Michelard ne lui a pas laissé le choix. Moi j'étais abasourdie et j'entendais la voix d'Olivier, fâchée, Ça va pas Claire, Non ce soir je veux pas te voir, je voyais bien que Rose attendait de moi que je l'aide, mais je ne pouvais pas rester avec elle, je devais une explication à Olivier. J'ai dit :

— Ce n'est rien, Rose, une nuit, si le docteur dit que vous ne pouvez pas rester seule...

Deux ambulances sont arrivées, pour emmener Gwenaël à l'hôpital et Rose à l'hospice, les sirènes retentissaient dans le jardin aux delphiniums et m'exaspéraient, ils ont fait entrer le brancard de Gwenaël dans une des voitures, et Rose voulait aller avec lui et Michelard alors je l'ai dirigée vers l'autre voiture, et je m'en voulais de le faire mais je ne pouvais pas m'empêcher de penser à Olivier. Les portes ont claqué, les sirènes continuaient à me vriller la tête et dès qu'elles ont été assez loin, j'ai rappelé Olivier mais sa voix a dit Je ne suis pas disponible pour le moment laissez-moi un message et je vous rappellerai dès que possible.

J'ai pris ma voiture et j'ai roulé dans la campagne, sans but. Je suis passée sur la ria où les bois à bateaux de la Compagnie des Indes pourrissaient dans la vase, vestiges d'évasion que seuls les touristes venaient voir. Je me suis arrêtée devant la mer pour réfléchir, mais je n'y arrivais pas, j'essayais sans cesse d'appeler Olivier pour m'expliquer. Je ne savais pas vraiment quoi lui dire, les versions se bousculaient dans ma tête, je les essayais tout bas en marchant sur l'estran, Je n'ai pas cru bon d'avertir mon oncle, Tu comprends il est vieux maintenant et depuis la mort de ma tante il n'est plus le même... Bon, d'accord, c'est la maison d'un de mes clients, il me l'avait proposé par affection pour moi, tu sais je suis la seule à vraiment m'occuper d'eux alors c'est un peu normal – j'enjolivais comme le faisaient mes vieux, j'inventais des variantes, Tu comprends il est un peu gâteux maintenant, j'ai cru qu'il ne le saurait pas.

Tu sais, je t'aime tellement que j'ai voulu t'offrir une maison à la hauteur de notre amour. Tu sais, je t'aime tellement que je ne sais pas, vraiment pas, si je pourrais passer une nuit sans toi.

Je ne suis pas disponible pour le moment laissez-moi un message et je vous rappellerai dès que possible.

Je ne suis pas retournée voir Hugo de la journée. Après tout, il n'en mourrait pas, même s'il sautait un repas. Et puis je lui en voulais. Sans lui, nous aurions passé une nuit idyllique de plus dans cette maison qui nous convenait mieux qu'à personne. Sans eux, je serais tout le temps avec Olivier, et je n'aurais besoin de personne. Olivier parti, je me sentais abandonnée, je n'avais plus envie d'aider quiconque.

J'ai appelé dix-sept fois Olivier mais son téléphone était toujours éteint. La voix numérique lui dirait que j'avais essayé plusieurs fois, mais elle ne préciserait pas le nombre d'appels.

J'ai appelé le docteur Michelard pour prendre des nouvelles de Rose et de Gwenaël. Il resterait hospitalisé quelques jours pour des examens complémentaires, et Rose, « qui lui avait semblé un peu perdue », resterait à la maison d'accueil du Petit Phare en attendant que son frère aille mieux. Le docteur m'a dit que j'avais l'air très touchée par cet accident, je lui ai rétorqué que je m'occupais d'eux depuis deux ans et qu'il était normal que je m'inquiète pour eux. C'est le contraire qui eût été étonnant.

J'ai filé au Petit Phare. La buée m'empêchait de voir la route, j'avais mis le chauffage au maximum et j'avais encore froid, j'ai essuyé la vitre, mes yeux aussi étaient humides, Olivier, ne te fâche pas pour ça, s'il te plaît, non, Pas possible, voyons, il va se calmer, impossible qu'il me quitte pour ça. Et Rose, au Petit Phare, qui devait être morte d'inquiétude.

17

Je me suis annoncée à l'accueil et on m'a conduite jusqu'à la salle à manger. Le sol du couloir était recouvert d'un linoléum brillant comme une mer de plastique. Tout était beige, y compris les rampes le long des murs auxquelles se tenaient quelques vieux en chaussons. A intervalles réguliers, des lumières vertes indiquaient les sorties de secours.

La salle principale avait des allures de réfectoire : des chariots gris transportaient des assiettes empilées et de grands seaux de compote. J'ai trouvé Rose assise à une table, seule avec une infirmière qui lui parlait doucement. Elle semblait ne pas tout comprendre. Ses cheveux blancs vaporeux n'avaient pas été brossés. Elle a eu l'air soulagé de me voir.

— Claire, ma petite Claire, cette dame me dit que Gwenn n'est même pas là !

Je l'ai embrassée. Elle sentait déjà la naphtaline. Elle semblait encore plus fragile ici. Son cou était si mince. L'infirmière a pris un air las.

— Il est à l'hôpital pour se faire soigner, vous comprenez, mais dès qu'il ira mieux, vous pourrez le voir...

— Mais pourquoi n'est-il pas ici ?

Je l'ai prise dans mes bras. Je sentais ses côtes voûtées sous mes doigts. Elle a tourné la tête vers moi, pressante :

— Claire, je n'ai plus mon frère, et je n'ai plus ma maison...

Ses yeux étaient perdus. J'ai pensé à une phrase qu'Alice m'avait citée, la sœur d'une poétesse avait dit « sa mort sera davantage que la mort de tous ceux que j'aime, et juste un peu moins que la mienne ». En perdant Gwenaël, Rose perdait bien plus que sa vie.

Olivier j'ai besoin de toi.

Dans la salle à manger aux grandes tables rondes, il y avait surtout des vieilles femmes, quasiment toutes en fauteuils roulants, certaines avec des déambulateurs. Les aides-soignantes ressemblaient à Isabelle Le Hanff, et elles portaient une même blouse verte. C'était comme une hallucination, où une infirmière clonée s'occupait de toutes ces vieilles dames en train de devenir folles. L'une d'elles, au fond de la pièce, laissait échapper des gémissements. Il était impossible de savoir si elle s'en rendait compte ou pas.

— Ce n'est pas trop dur, Rose ?

Elle m'a regardée bien en face, sérieusement.

— Si vous étiez ici, vous vous sentiriez à l'aise ?

— Pas trop, je crois.

Elle a acquiescé d'un air grave. Sous le plafond du réfectoire, les paroles et les bruits étaient étouffés. Quelqu'un a sifflé. Un groupe de vieilles dames assises sur des chaises regardait un documentaire sur les champs d'ordures à l'extérieur des villes.

J'ai caressé sa main, la peau sous mon pouce se fripait tellement qu'on aurait pu croire qu'elle allait se déchirer comme du papier à cigarette. Sa respiration était difficile, son emphysème laissait entendre un léger pépiement derrière son souffle encombré. Son regard s'égarait comme celui d'Anne-Louise.

— Je vais aller voir Gwenn à l'hôpital...

— Ne l'appelez pas comme ça. Il n'y a que nous, et les parents, qui l'appelions comme ça.

Les larmes lui sont montées aux yeux. Elle m'a regardée comme si j'étais la seule à pouvoir la sauver, le sauver, les sauver.

Je sais ce que je dois faire, je vais tout lui dire et il me pardonnera. Olivier, tu pourrais au moins me laisser t'expliquer, c'est sûr que si tu ne me réponds pas comment veux-tu que l'on s'entende, sauf si tu t'es déjà fait ton opinion, mais dans ce cas-là je ne vois pas ce qu'on fait ensemble, alors ce n'est même pas la peine de se voir, c'est ça, ne nous voyons pas ce soir et réfléchis bien, Salut. Exactement le contraire de ce que je voulais lui dire. Non. Trouver une autre version. Etre le plus sincère possible.

L'infirmière est partie, une vieille femme ronde, aux cheveux permanentés, a pris sa place. Rose a dit :

— Je rentre chez moi ce soir.

Une lueur d'envie a traversé les yeux de l'autre, qui l'a regardée avec curiosité en se mordant la lèvre. Elle ne savait pas si elle devait croire à son histoire.

Rose a passé sa main dans ses cheveux, l'air fier et déterminé. L'autre vieillarde s'est ratatinée sur sa chaise en disant d'une petite voix :

— Moi, je ne peux pas sortir d'ici.

Rose s'est levée, on aurait dit qu'elle ne me voyait plus. Elle s'est dirigée vers le hall d'entrée. L'autre a lancé :

— Pourquoi vous ne resteriez pas là ce soir ?

Rose ne s'est même pas retournée, elle a éclaté d'un grand rire méprisant, comme si ça se passait de réponse.

Elle est sortie, je l'ai rattrapée sur le perron et je l'ai ramenée à la même chaise. Elle n'a pas protesté, elle savait bien, au fond, qu'elle n'avait pas le droit de s'en aller. L'autre vieille dame a dit :

— Vous ne sortez pas, finalement ?

Rose n'a pas répondu. Elle était essoufflée et déçue. J'ai dit :

— Non. Elle ne peut pas.

L'autre était satisfaite :

— Moi non plus, je ne peux pas. Je trouvais drôle, aussi.

Elle a ajouté, sardonique :

— A moins que vous ne soyez déjà revenue ?!

Elle voulait sans doute faire de l'humour, mais Rose a secoué ses mèches blanches :

— Mais vous avez bu ou quoi ? On dirait que vous avez un coup dans les mirettes, ma pauvre.

Nous sommes restées toutes les trois sur nos chaises, les mains posées sur les cuisses, à réfléchir. Rose a repris :

— Je n'aurais pas dû attendre la nuit, en fait. C'est trop dangereux pour quelqu'un de mon âge. Mais demain matin, il faudra que j'aille nourrir mes chats et m'occuper de mes plantes.

— Ah ? Personne ne le fait pour vous ?

— Non, je suis seule. Mon frère est à l'hôpital. Je suis toute seule ici.

Elle redevenait lucide, et triste.

J'ai tenté de la réconforter :

— Non, ici justement vous n'êtes pas seule, c'est pour ça qu'on vous a mise là.

Elle m'a regardée comme si j'étais vraiment stupide et elle a dit :

— C'est pire. Je suis encore plus seule, ici.

L'autre a ri, sans trop savoir pourquoi.

Une grosse Le Hanff est venue les chercher pour aller à la cuisine. Elle a dit d'un ton enjoué :

— Allez mesdames, on vient avec moi ?! On va préparer la soupe pour ce soir !

Elle s'est tournée vers moi, et m'a parlé comme si les deux vieillardes n'étaient pas là :

— Vous comprenez, ça leur fait du bien, de se sentir encore utile.

Elle a pris un ton débile pour s'adresser à Rose :

— Allez, on y va? On va aller éplucher des pommes de terre? Ou alors couper du pain? Qu'est-ce qu'on préfère?

Ces femmes avaient passé leur vie à préparer à manger pour les autres, et à deux pas de la tombe on venait encore les emmerder.

— Ce que vous voulez, mais je ne sais pas où est la cuisine, ma pauvre fille...

Ses bras couverts de farine et mes petits coups de torchon pour l'épousseter.

— Mais si, vous y avez pris le café cet après-midi.

Elle lui parlait comme à un petit chien affectueux. Sourcils froncés, Rose a ajouté, l'air préoccupé :

— Je préférerais rentrer chez moi. Il faut que j'arrose mon jardin.

Le clone d'Isabelle Le Hanff a ajouté, sur un air de « vous nous enterrerez tous » :

— Allez, allez, Rose, vous irez bientôt.

Au lieu de la rassurer, ce ton ne faisait qu'inquiéter Rose. Je l'ai prise par le bras. Elle m'a raccompagnée jusqu'au perron.

— Tenez bon, Rose, vous n'êtes là que pour quelques jours, le temps que Gwenaël aille mieux.

— Revenez me voir. Et dites-lui à quel point il me manque.

Elle a agité la main jusqu'à ce que je disparaisse dans l'allée.

Je ne suis pas disponible pour le moment laissez-moi un message et je vous rappellerai dès que possible.

Le soir, pour m'endormir, j'ai pris deux gélules dans le petit sachet que j'avais préparé pour Hugo, et j'ai imaginé Olivier, pensant à moi peut-être, au volant de sa voiture, traçant sur le port dans un ciel rouge qui annonce le vent.

18

Le lendemain, quand je suis arrivée chez Anne-Louise, ses enfants étaient là. Elle était toute contente de les avoir, tandis qu'ils l'entouraient avec résignation, sa fille à l'air accablé en permanence, son fils qui faisait semblant d'être fort, ses petits-enfants adolescents qui n'osaient pas la regarder. Seul le benjamin ne pouvait détacher ses yeux d'elle. Elle était enfoncée dans le canapé, l'endroit de la maison qui était probablement le plus inconfortable pour elle, ils n'avaient vraiment conscience de rien, ces abrutis. Son fils a insisté pour que je reste un peu, il a dit que je savais mieux m'y prendre qu'eux. Ça, pour sûr, Anne-Louise était perturbée par cette visite en nombre. Ses doigts s'accrochaient à son sac à main. Quelques minutes après que je suis arrivée, elle s'est tournée vers moi pour me dire d'un air important :

— A qui ai-je l'honneur ?

alors qu'elle avait reconnu son fils. Pour la première fois, j'en ai été très troublée, et puis gênée vis-à-vis d'eux, j'ai dit d'un air coupable :

— Ça arrive, mais en général après le repas ça va mieux.

Le fils m'a répondu :

— Ne vous inquiétez pas... La première fois qu'elle n'a pas reconnu ma sœur, là, oui, ça a été dur, sa propre fille, vous vous rendez compte... Elle n'a même pas su dire son prénom. Hein, Marie-Luce, tu te rappelles ?

L'autre a acquiescé d'un air tragique.

— Vous vous rendez compte, le prénom qu'elle avait elle-même choisi... (Avec plus ou moins de bonheur, d'ailleurs.) ... Enfin, elle a même fait pire, un jour, elle l'a même mordue ! On ne sait pas pourquoi c'est à elle qu'elle en veut...

Moi, elle me reconnaît, la plupart du temps, j'avais envie de lui dire, et tout à l'heure, après le repas, ce serait le cas, d'ailleurs. Et puis ce n'était pas vraiment le problème. Un des deux adolescents avait l'air de trouver le temps long, il regardait sa montre sans arrêt. J'ai échangé des propos banals avec Marie-Luce et son frère sur ce printemps, qui promettait d'être beau. Notre époque était celle des prévisions en tout genre : celle des cours de la Bourse, du temps qu'il faisait, des films qui seraient vus. Il fallait prévoir à tout prix, même si on se trompait souvent. Jean-Pierre, expert-comptable, n'avait pas l'air d'accord avec moi. Je suis revenue au sujet plus consensuel des températures de saison. J'avais mal dormi, et j'espérais sans cesse que mon téléphone sonne.

Après le foie gras et les réductions sucrées apportés par sa fille, Anne-Louise s'est retournée vers moi comme si elle me découvrait et elle a dit à son fils :

— Qui est cette femme ?

— C'est Claire, Maman. Tu sais bien, Claire. On te l'a dit tout à l'heure.

Anne-Louise a pris un air offensé, et elle a dit avec une mauvaise foi évidente :

— Oui, Claire, oui, ça j'ai bien compris, je ne suis pas sourde, mais qui est-elle, et que fait-elle là ?

— C'est une des dames qui s'occupent de toi.

— Ah, oui. Je la vois en effet parfois et je me demandais bien qui ça pouvait être. Elle fouille dans mes affaires, d'ailleurs, et ça, je n'aime pas beaucoup.

Marie-Luce m'a regardée avec l'air soupçonneux des filles de vieillards : un peu jalouse, bien sûr. Mais je n'étais pas inquiète : Anne-Louise était considérée comme une folle même par ses enfants, c'était manifeste. Son fils m'a souri, il m'a dit avec un air de connivence :

— Quand c'est de votre famille, c'est encore plus dur, vous savez.

Il parlait d'elle comme si elle n'était pas là, comme si elle ne risquait pas de comprendre.

Anne-Louise a demandé :

— Vous avez donné à manger à Papi, aussi ?

Son mari était mort depuis plus de quinze ans. Tout le monde s'est regardé, gêné. Marie-Luce a choisi de mentir :

— Oui oui, Maman, Papa a mangé tout à l'heure.

Comment voulait-elle que sa mère s'y retrouve ?

Mais Anne-Louise a tourné lentement son visage vers elle, comme si elle venait de s'apercevoir de sa présence, et elle l'a grondée :

— Enfin, ma chérie, tu sais bien que Papa est mort depuis longtemps.

Avant de reprendre en me regardant :

— A qui ai-je l'honneur, médème ?

Sa fille s'est retournée pour écraser une larme. La nervosité.

Le petit a dit en criant :

— Clère, Mèmie ! C'est Clère !

Il avait le même accent déformant que sa grand-mère, et dans sa bouche je ne reconnaissais même pas mon prénom.

Je m'en moquais, de leurs histoires, je me disais juste que c'était sans doute foutu pour Anne-Louise, maintenant. Elle était partie de l'autre côté et ne me reconnaîtrait plus jamais. Les autres n'étaient pas tellement plus sains d'esprit, ça s'agitait dans tous les sens, on aurait dit un spectacle de music-hall tout à coup dans la cuisine d'Anne-Louise, thym, romarin, et timbrés en tous genres.

Le fils a dit :

— Allons, Kévin, n'embête pas Mamie.

Anne-Louise a dit encore en s'approchant de moi :

— C'est vous, Mamie, médème ?

Je ne l'avais jamais vue aussi folle. Ils venaient tous ensemble pour mieux supporter le choc, par pur égoïsme, mais Anne-Louise était en train de partir loin, très loin de nous. Sa fille a explosé en sanglots. J'avais envie de partir d'ici. J'avais besoin de retrouver Olivier.

Anne-Louise s'est arrêtée net, elle a dévisagé sa fille avec la même stupeur que le petit Kévin.

Alors Anne-Louise elle aussi s'est mise à pleurer, d'abord tout doucement, puis plus fort, en vagissant comme un bébé. Elle pleurait sans savoir pourquoi, peut-être de ne plus pouvoir souffrir tout ça, elle pleurait, pleurait de vivre encore et d'en avoir assez.

J'ai pris Anne-Louise dans mes bras et elle s'est laissé faire. Ses yeux étaient arbitrairement fixés sur la tapisserie orange, *thym, laurier, coriandre.* Le fils s'est levé en se raclant la gorge et en s'essuyant le front, il a pris sa sœur par l'épaule en lui disant, Allons, Marie-Luce, allons, Marie-Luce, les ados regardaient le bout de leurs chaussures plutôt que leur tante ou leur grand-mère, comprenant mal ce qui se passait. Leur mère avait dû trouver une bonne excuse pour ne pas venir, ce n'était pas très charitable pour ses enfants. Quant à Marie-Luce, elle avait dû laisser ses trois rejetons à son mari – elle s'était fait avorter du quatrième deux mois auparavant – elle ne devait pas savoir qu'Anne-Louise me l'avait dit – je savais tout d'eux, ils ne savaient rien de moi.

Enfin ils s'apercevaient de ce que j'endurais chaque jour à leur place. Abrutis.

J'ai dit doucement :

— Vous vous souvenez, Anne-Louise, l'autre fois on a regardé vos photos, et vous avez aimé ça, vous voulez que j'aille les chercher ?

Ils m'ont regardée d'un air bizarre.

Marie-Luce a soudainement cessé de pleurer et elle a dit :

— Les photos ? Quelles photos ? Des photos de nous ?

J'ai répondu d'un ton sec et professionnel :

— Pour aider votre mère, je lui fais faire des exercices de mémoire... Je me suis dit que c'était très bon pour elle, de chercher dans ses souvenirs, de mettre des noms sur des visages...

Le fils a marmonné Oui, oui, très bonne idée, la fille a dit, Oui mais quand même ce sont des photos de nous, mais il ne l'a pas écoutée, il a dit d'un air supérieur, Ecoute, Marie-Luce, tu commences à me fatiguer, arrête de faire des histoires, alors Marie-Luce s'est remise à pleurer un peu, ce qui lui a permis de fermer sa gueule, tandis que le fils houspillait le plus grand pour qu'il aille chercher les photos dans le bureau de Mamie qui, elle, s'endormait un peu en séchant ses larmes. Marie-Luce a tenté de bredouiller deux trois mots derrière ses reniflements chargés mais un regard de son frère a suffi, il m'a dit, Le grand met du temps, il ne doit pas trouver, vous ne pourriez pas aller l'aider, je suis allée jusqu'au bureau et là j'ai fait bien attention que ça ne se voie pas que je savais pertinemment où étaient les photos, j'ai fait semblant de chercher un peu sous le regard inquiet de Marie-Luce, curieux du fils, et ennuyé de son petit-fils, qui se tenaient tous les trois dans l'embrasure de la porte du bureau.

J'ai fait défiler les photos devant le nez d'Anne-Louise, les enfants semblaient intéressés, et cela a calmé les esprits, même celui de Marie-Luce qui ravalait ses larmes et le reste, l'œil torve.

Anne-Louise a fait de son mieux, et elle a reconnu plein de gens, au grand soulagement de tous. Elle semblait très heureuse à chaque fois qu'elle reconnaissait sa mère sur les photos.

— Elle me ressemblait beaucoup, non ? Surtout les yeux. Elle était très belle. J'avais une photo où elle était encore plus belle, mais je l'ai perdue. Je suis triste de l'avoir perdue.

Toute la famille y allait de ses efforts, et chacun tentait de remettre en place les pièces du puzzle qu'était devenu le cerveau de leur grand-mère. Jean-Pierre se souvenait de beaucoup de choses, et il s'était pris au jeu. Tout à coup il a dit :

— Et ça, Maman, regarde, les photos d'Italie !

— Ah oui, oui, quel bel été, 1963...

Pourquoi je ne me rappelle que l'été 63 en Italie ?

Avec lui, j'avais l'impression de dompter le temps.

Marie-Luce a été très étonnée tout à coup en entendant sa mère dire une date. J'ai dit, un peu pour faire mon intéressante :

— Ça, c'est parce que nous avons révisé !

Jean-Pierre a souri. Il a montré les photos de lui adolescent à ses deux fils, Marie-Luce a décrété que Kévin (celui qu'elle devait aimer le moins) était celui qui ressemblait le plus à son père, le petit garçon a fait la grimace, et je ne faisais plus trop attention à Anne-Louise quand elle a dit :

— Et la photo du Stromboli, elle est où ?

Jean-Pierre a ouvert des yeux ronds :

— Du Stromboli... Je ne sais pas...

Il a éparpillé la série de photos aux couleurs saturées.

— Je ne sais pas, mais je ne crois pas que nous soyons allés à Stromboli, Maman, si ? Tu es sûre ?

Il m'a regardée en secouant la tête :

— Vous vous souvenez d'une photo de Stromboli, vous ?

J'ai senti le rouge me monter aux joues, et j'ai dit :

— Non, je ne me souviens pas trop, mais vous savez, quand vous n'avez pas vécu tout ça, c'est difficile...

— Mais si, Claire... Le noir et la lueur des étoiles, et le genêt, Claire, le genêt qui avait poussé malgré tout...

Jean-Pierre a gémi :

— Ça y est, ça recommence...

Marie-Luce a eu un regard affolé vers moi.

Alors j'ai dit que j'allais m'en aller, après tout, puisqu'ils étaient là et qu'elle était calmée, mais ils ont dit, Nous aussi, hein, on va y aller, Mamie, alors j'ai été obligée de rester avec elle pour ne pas qu'elle se retrouve toute seule avant l'arrivée d'Isabelle. J'avais espéré rester un peu moins longtemps que d'habitude, ou pouvoir sortir téléphoner, peine perdue. Ils préféraient ne pas rester seuls avec elle. Ils avaient peur de leur mère et de ses absences.

Ils l'ont tous embrassée à tour de rôle, et comme elle ne savait plus faire ça non plus, leurs visages se cognaient et se déformaient sur sa joue. Anne-Louise a fait semblant d'avoir mal à la jambe, tout à coup, pour qu'ils restent un peu, mais ça n'a pas marché, ils sont partis quand même. Je les ai regardés s'en aller sur le petit chemin du jardin. Elle, non. Elle réattaquait le foie gras avec gourmandise.

Il était quatre heures.

Je l'ai laissée manger autant qu'elle voulait tandis que j'essayais de joindre Olivier.

Quand Isabelle Le Hanff est arrivée, je lui ai raconté la visite des enfants, j'avais besoin de parler, et puis je trouvais ça incroyable, Des enfants qui ont peur de leur mère, je lui ai dit, à la limite, l'inverse, on entend ça à la télé, la société a peur de ses enfants, mais de ses parents, ça, je n'avais jamais entendu.

La grosse Le Hanff m'a écoutée sans rien dire, ses petits cheveux mordaient dans ses joues, des cheveux frisottants et sans longueurs, mesquins aurait-on pu dire, même ses cheveux étaient mesquins, et sa bouche sans lèvres semblait constamment marquer la désapprobation. Elle m'a regardée d'un air bizarre, elle s'est essuyé les mains sur les bourrelets de ses hanches, et elle a dit :

— Qu'est-ce t'en sais ? C'est leur mère, tout de même. Bien sûr que c'est pas possible d'avoir peur de sa mère. C'est des histoires, que tu te fais. Ils sont tristes de voir leur mère comme ça, c'est tout.

Quelle abrutie, celle-là aussi. J'aurais mieux fait de ne rien lui dire.

Et Olivier qui continuait à ignorer mes messages.

J'ai filé à l'hôpital pour voir Gwenn. Je n'avais pas le temps de faire une pause. Le vent donnait des coups dans mon volant, l'auto-radio m'annonçait que la perturbation durerait quelques jours encore, puis poursuivrait sa route vers le nord. En marchant dans le boyau de plastique surchauffé (encore une invention brillante de nos valeureux architectes locaux) qui menait au service de neurologie où Gwenaël avait été interné, je me suis dit qu'il allait me falloir arrêter ce travail qui me tapait sur les nerfs et me sapait le moral. C'était décidément trop dur. Je n'avais jamais le temps de rien faire.

Gwenaël allait encore plus mal que je ne le pensais. Il souffrait de la tête, et ses réflexes nerveux étaient très endommagés. J'ai regardé les grilles de papier accrochées au mur de sa chambre. Sa température grimpait de jour en jour, mauvais signe.

Il s'inquiétait beaucoup pour Rose. Elle lui manquait comme une amoureuse.

Il m'a dit :

— Moi la mort, j'en ai pas peur, c'est juste pour les autres, que je trouve ça injuste.

Et je savais qu'il pensait à elle.

Il continuait :

— Je peux pas partir avant elle. Elle souffrirait trop. Elle est fragile, Rose, vous savez.

Et toujours l'absence de réponse à donner, la tête vide, le sang qui tape dans les tempes, et puis une seule idée, lancinante : j'aurais voulu qu'Olivier dise la même chose de moi.

Je ne suis pas disponible pour le moment laissez-moi un message et je vous rappellerai dès que possible.

19

Après seulement vingt-quatre heures d'absence, j'ai trouvé Hugo au lit, débraillé. Il ne s'était pas levé, il n'avait ni dîné, ni déjeuné ce matin-là. Il était vieux et sale. Il n'avait soi-disant pas été capable d'aller aux toilettes tout seul, son lit était souillé. Il se négligeait lui-même parce que je l'avais négligé. Je m'en étais doutée, mais je ne m'attendais tout de même pas à ce qu'il n'ait pas mangé. Toute sa maison sentait l'odeur aigre des vieux, un mélange de moisi, d'urine séchée, et de papier journal jauni par le soleil et par le temps.

Je l'ai traîné jusqu'à la salle de bains malgré son refus. J'avais l'impression d'amener un enfant au bain, ou un chien. Il criait que je n'avais qu'à le laisser crever tout seul. Il était haineux et pitoyable. Je l'ai lavé au gant, devant la glace. Il se regardait en reniflant. Son nez avait forci avec la vieillesse. Il ne ressemblait plus aux photos de Saint-Eloi. J'étais derrière lui, debout. Pour la première fois depuis quelques jours, je me suis regardée dans le miroir. Mes yeux ne reflétaient en rien l'image de ce que je pensais être.

Sa chair était flasque le long de ses flancs, et son sexe pendait lamentablement entre ses jambes. On aurait dit que sa peau avait totalement cessé d'être élastique, et qu'elle n'avait jamais vu le soleil. De la viande blanche et flétrie. Rien à voir avec Olivier et ses muscles arrogants de santé.

Il s'est penché en avant pour que je lui lave les fesses. Il a lu mon regard dans la glace et je crois qu'il aurait voulu se cacher. Il se cramponnait au lavabo, ses jambes commençaient à trembler, il lui était impossible de rester ainsi très longtemps. Il en a prétexté pour se rasseoir, afin de ne plus se voir. Il avait enlevé son sonotone exprès pour qu'on ne puisse pas se parler.

Je ne lui ai pas adressé la parole, de toutes façons. Je l'ai habillé, puis mis dans son fauteuil, avec des gestes brusques, et je le voyais serrer les dents sous la douleur, mais je n'avais pas beaucoup de compassion. Je lui ai quand même mis un peu de Petrol Hahn bleu dans les cheveux, je savais qu'il en aimait l'odeur citronnée, et puis ce n'était pas du luxe.

J'ai épluché les pommes de terre encore chaudes, pour aller plus vite. En silence. Elles étaient fumantes et je me brûlais les doigts. Il n'a pas osé venir dans la cuisine. J'ai écrasé la chair jaunâtre avec une fourchette, le métal tapait contre l'assiette en porcelaine avec un bruit clinquant, agaçant. Des purées, des compotes et des soupes. J'en avais fait des centaines, peut-être des milliers au cours des dix dernières années, Hugo n'était pas le seul à en manger, mais c'était celui qui aimait le moins ça. Il boudait dans sa véranda. Nous étions comme un vieux couple fâché, qui doit continuer à vaquer à ses occupations côte à côte, en faisant semblant de s'ignorer. Je l'ai laissé manger tout seul et je suis partie ranger ses affaires dans la maison.

Tu la connaissais bien cette tante-là ? Allez, pour me faire plaisir...

Après son repas, il ne m'a pas suivie de pièce en pièce comme il en avait l'habitude. Il est resté bouder dans la véranda, désœuvré. J'avais l'impression que tout s'écroulait peu à peu autour de moi et de mes vieillards.

Je levais, je lavais, je cuisinais, je nourrissais, pour faire durer des corps en fin de vie. Je courais d'un vieillard à l'autre, du matin au soir, et ma ronde me semblait imbécile.

Olivier avait raison quand il m'encourageait à travailler moins. Je m'étais trop impliquée. Je ne voulais plus m'occuper de tous ces gens en souffrance, je ne voulais plus lever Hugo et le recoucher à l'aide de sa machine infernale, je ne voulais plus changer ses couches, je ne voulais plus assister à la longue déchéance d'Alice, à l'arrivée des échéances.

Je ne voyais plus le sens de tout ça, ma vie qui servait à faire durer les leurs, pour quoi faire ?

J'ai remarqué une petite plaquette de calmants sur la table de nuit d'Hugo, je l'ai prise et l'ai collée entre mon pantalon et mon ventre.

Juste avant que je parte, Hugo m'a parlé, d'une voix enrouée, comme s'il ne pouvait pas s'en empêcher plus longtemps :

— Claire, je voulais vous demander... Vous n'avez touché à rien, dans le vestibule...

Enfin il s'apercevait de quelque chose.

— Non, pourquoi?

— J'ai... le sentiment que quelque chose a été changé, mais je ne sais pas quoi... Vous savez, un peu comme quand quelqu'un change de coiffure et qu'on ne sait pas dire ce qu'il y a de nouveau dans son visage.

— Ici rien n'a changé depuis au moins vingt ans, non?

Cruelle, j'étais cruelle.

Il me scrutait du regard pour voir si je mentais.

J'ai joué l'innocente à la perfection.

— J'ai dû me faire une idée.

— Oui, en effet.

Il semblait vraiment douter, il avait l'air soucieux. *Vanessa Io, Paon de jour, Cleopatra, Citron de provence...* J'avais choisi des papillons qui ressemblaient beaucoup à ceux qu'il chassait lui-même. Il aurait pu les capturer, d'ailleurs – s'il était allé en Asie, ce qu'il n'avait jamais fait de sa vie. Et qu'il ne ferait jamais. Je lui offrais un dernier voyage, en quelque sorte.

Il ne savait plus quoi penser. Sa mémoire fléchissait, et il s'en apercevait. Il m'en voulait de ne pas vraiment l'aider. Il me regardait bizarrement.

En sortant de chez lui, Je ne suis pas disponible pour le moment, j'ai avalé une petite gélule jaune et bleue.

Alors, je me suis occupée de mes vieux comme jamais auparavant : mécaniquement, en ne faisant aucun effort pour être aimable ou rendre leur vieillesse supportable. Alice a cherché à discuter et je n'ai pas daigné lui répondre. J'ai quand même tenté de lui décrire un peu ce que je voyais de la fenêtre de la cuisine surchauffée – les petits-enfants des Canard qui jouaient au ballon sur le parking, le chat roux qui triturait un moineau entre ses pattes, des voitures qui passaient, une femme qui mangeait en marchant, rien que de très banal. Je n'avais rien à dire mais cela ne me gênait plus. Je ne suis pas allée dans sa bibliothèque non plus. Aujourd'hui j'avais cru en trouver un équivalent chimique, une petite plaquette de pilules décontractantes, mais je sentais bien que le vide était à nouveau en train de me gagner. *Les cahiers au feu, la maîtresse au milieu.*

Anne-Louise avait mis tous ses vêtements à l'envers. Les coutures de sa blouse étaient apparentes, et les fleurs du tissu semblaient passées. J'ai soupiré en la regardant. Elle n'a marqué aucune expression, comme si elle ne savait pas ce que je lui reprochais. J'ai attrapé son bras d'un geste brusque, elle s'est raidie et elle a mis son bras devant son visage comme une gamine qui va se faire corriger.

— Ça va, Anne-Louise, arrêtez vos simagrées...

J'ai retiré la manche gauche en mettant son bras à angle droit. Le tissu glissait difficilement. Le gilet qu'elle avait en dessous était lui aussi à l'envers.

J'attaquais le bras droit quand elle a commencé à remettre la manche gauche. Recto verso, bien sûr.

— Oh non, Anne-Louise, attendez.

Elle s'est arrêtée net, et m'a dévisagée. J'ai ignoré son regard, et j'ai fini de lui ôter sa blouse et son gilet. Son maillot de corps aussi était à l'envers. Bon Dieu mais c'est pas vrai, Anne-Louise, j'ai dit entre mes dents, tandis que je faisais passer son tricot par-dessus sa tête. Ses cheveux étaient tout ébouriffés. Elle avait simultanément enfilé une manche de sa blouse sur ses bras nus. J'ai regardé ses hanches, et c'était bien ce que je craignais : son pantalon à élastique était lui aussi toutes coutures dehors, telle l'invention folle d'un jeune couturier.

J'enlevais une manche, elle remettait une jambe de pantalon, j'enfilais une chaussette, elle attrapait un pull. J'ai dit :

— Je vois bien, Anne-Louise, que c'est pour me faire tourner en bourrique,

alors elle a sorti son dentier de ses gencives et l'a fait affleurer ses lèvres, en une grimace mi-terrifiante, mi-comique,

— Anne-Louise, s'il vous plaît, remettez bien votre dentier ça me fait peur.

Elle a rigolé.

J'étais fatiguée.

Je me suis éloignée d'elle, je suis allée vers le frigo pour préparer son repas. Elle m'a regardée, l'air interdit.

J'ai dit :

— Et oui, c'est comme ça, Anne-Louise, vous resterez habillée comme ça, et tout le monde s'en fout.

J'ai lavé le poisson dans l'évier en l'observant du coin de l'œil. Elle était dépenaillée, les cheveux en désordre, son pantalon trop mou n'était même pas remonté sur ses hanches, sa peau trop fine devait être coincée par sa blouse tournée à la taille et devait lui faire mal. L'étiquette de son gilet dépassait de son col et pendouillait, comme un enfant qui tire la langue.

Je suis rentrée chez moi en fin d'après-midi, bien plus tôt que d'habitude. Mon appartement m'a paru désert. J'ai ouvert la porte-fenêtre pour aérer la pièce, mais le vent salé qui est entré m'a paru presque solide, comme une énorme gomme qui pousserait la fenêtre pour venir m'effacer. Je me suis assise sur le canapé, les pieds sous les fesses, face à la baie vitrée. Sur la mer, des paquets d'eau se soulevaient à chaque fois que l'océan rencontrait un obstacle, rocher ou phare ou bateau, et mille petits miroirs lançaient des signaux de détresse à la surface des vagues. Les mouettes étaient comme emportées par le vent, en sens contraire de leur vol. Un chien aboyait dans un appartement à côté. Je ne savais pas quoi faire, je n'avais pas envie de reprendre la voiture et avaler les kilomètres jusqu'au soir pour essayer de le trouver.

Je ne suis pas disponible pour le moment laissez-moi un message et je vous rappellerai dès que possible.

J'étais démunie. Je m'étais fondue dans ses habitudes, intégrée à sa vie, et à présent j'étais perdue sans lui, je ne savais pas quoi faire. J'ai remarqué de la poussière sur l'écran de télévision. Je me suis levée pour l'essuyer, l'électricité statique la collait au verre. Olivier m'avait dit que les écrans de télé étaient en pierre ponce des îles Eoliennes, et j'imaginais le sable gris voler sous le vent et venir s'agglomérer en écrans transparents, comme par magie, pour venir animer en couleurs mon petit studio face à la mer. Je n'arrivais pas à faire le lien entre la pierre poreuse et l'écran fragile et crépitant. Il m'arrivait d'ôter les petites peaux mortes de mes talons à l'aide de la pierre grise et dure en regardant la télévision. La poussière, elle aussi, venait des peaux mortes, à quatre-vingt pour cent. Je me suis mise à faire la poussière partout dans l'appartement, je n'avais pas fait le ménage depuis longtemps, mes cellules pelées s'accumulaient partout, et tournoyaient dans l'air en centaines de particules brillantes. J'ai commencé à essuyer les meubles sans réfléchir, pour passer le temps, puis je me suis dit que si Olivier venait à me quitter, je continuerais probablement à habiter ici, et je me suis vue à différents âges, ramasser cette poussière qui tomberait encore et toujours, malgré les heures de ménage que j'y consacrerais, et ma vie m'est alors apparue comme une fabrication de cellules de peau neuve qui ne me serviraient qu'à ramasser les peaux mortes, une ronde ininterrompue de perte d'énergie, jusqu'à l'épuisement.

J'ai allumé la télévision et je l'ai regardée tout le reste de l'après-midi, comme pour me vider les yeux. Les reportages sur les anorexiques succédaient à ceux sur les boulimiques, et on nous expliquait que c'était la même chose. Aucun interstice pour y glisser la plus petite pensée, le moindre coup d'œil un peu personnel : tout nous était montré comme il fallait qu'on voie, avec force commentaire, et le doigt pointé des journalistes nous intimait de considérer cette mère comme la méchante de l'histoire et sa fille comme la gentille, et il était impossible de penser autrement, pas question de regarder ailleurs. La voix du commentateur posait à la fois les questions et les réponses, mieux : elle donnait immédiatement les réponses derrière les questions qu'on ne manquerait pas de se poser.

C'était bon de se laisser commander, parfois. De se laisser aller à leurs explications sans réfléchir, comme si la vie était aussi simple que ce qu'ils voulaient bien nous laisser en voir.

18.00, 18.01, 18.02, 18.03. J'étais recroquevillée sur moi-même, sur mon canapé, et je ne faisais rien, je fixais mon téléphone comme pour l'hypnotiser. Je comptais les minutes, je surveillais les heures.

Vers le soir, je suis sortie sur la croisette pour prendre un apéritif. Le vent s'était levé. Les bourrasques faisaient passer les ombres des nuages sur la mer qui en devenait grise. Les grains de sable se déposaient partout furtivement, au gré du vent, envahissant peu à peu d'une fine pellicule mon imperméable, ma peau, mes cheveux, mes yeux, mon verre. Ce n'était que du vent, du vide, mais qui s'immisçait partout comme de l'eau et m'immobilisait sur ma chaise en terrasse, m'enveloppant peu à peu de sable jusqu'au coin des yeux, jusque sous mes ongles, avec une énergie semblable à l'instinct de survie. J'avais l'impression que si je restais là des années, il finirait par m'ensevelir. Les gens s'envoleraient, et je serais ensablée. Un véliplanchiste qui luttait pour revenir vers la terre depuis que j'étais là, et qui s'était déjà mouillé le dos, est tombé à l'eau. J'ai composé le numéro de Paul.

— Tiens – une revenante !

— Je sais – c'est ma faute ma plus grande faute –

je suis vraiment désolée Paul – je suis impardonnable

— Je savais bien que tu réapparaîtrais un jour... Qu'est-ce qui se passe – Roméo t'a lâchée ?

— Plus ou moins – je te raconterai...

— Je te connais comme ma poche – mais où étais-tu passée ? Tu ne réponds pas à mes messages – tu ne donnes aucune nouvelle – je veux bien que tu sois amoureuse mais dis-moi au moins que tu es en vie !

J'ai souri au combiné. Un homme seul est passé en me dévisageant avec des yeux de prédateur.

— Justement j'étais un peu en train d'en douter...

— Tu veux que je vienne ? T'es où ?

— Sur la croisette... Je t'attends.

J'avais cessé de voir mes amis, mes collègues, depuis que je connaissais Olivier, parce que nous préférions rester seuls. Toute autre personne était comme un corps étranger. Olivier disait toujours Etre tous les deux, il n'y a rien de meilleur. Alors pourquoi n'appelait-il pas ? J'avais besoin de voir Paul et je ne comprenais pas comment j'avais pu ne pas le voir pendant si longtemps.

Un petit garçon est arrivé devant le distributeur de bonbons et de pacotille juste à côté de moi. Il le contemplait d'un air sérieux et fasciné, comme impressionné par la part de hasard qui déciderait s'il aurait un guerrier de l'espace ou un canard pour le bain. Il est parti subitement en criant vers son père pour qu'il lui donne une pièce, et il est revenu aussi sec. Il priait pour avoir la petite balle de toutes les couleurs affichée sur la vitrine du magicien rouge. Mon image se reflétait, toute tassée, dans la partie métallisée de l'automate. Un couple marchait à reculons sur la plage pour protéger leurs visages du vent.

On est allés manger des moules à l'Etoile Manquante, juste à côté. Paul avait l'air très content de me voir, il ne m'en voulait pas et souriait tout le temps, et je me sentais mieux tout à coup, à boire du vin en face de lui, à regarder de l'autre côté de la vitre la promenade qui commençait à s'emplir de monde avec la fin de l'hiver.

Il m'a dit qu'il ne fallait pas que je sois aussi exclusive avec Olivier, et j'ai pensé qu'il était jaloux. Je ne lui ai pas dit que nous venions de nous disputer – comment aurais-je pu lui expliquer notre présence à Saint-Eloi ?

Il m'a dit :

— Tu crois vraiment qu'il est amoureux de toi cette fois ?

— Qu'est-ce que tu veux dire ?

— Je ne sais pas, c'est juste, nous on l'a jamais vu, alors je me demandais...

— Je suis désolée, Paul, en fait c'est justement parce que ça va très bien entre nous, du coup on est restés un peu seuls, mais on va faire un dîner avec toi et Max, comme ça tu ne t'inquiéteras plus, c'est tout.

— Je ne m'inquiète pas, j'espère que cette fois tu ne te racontes pas d'histoires, c'est tout.

Après, nous avons évité le sujet, et je l'ai écouté me parler de ses vacances, de sa rentrée, de ses collègues, cadres dans la finance, comme lui, et homos, comme lui, qui faisaient ce métier pour accumuler de l'argent et qui tâchaient de l'oublier chaque week-end à l'aide d'ecstasy ou d'alcool, puis il m'a raccompagnée chez moi. Le vent continuait de soulever le sable en vagues, courant au-dessus de la plage comme un petit animal fantomatique qui fuyait, les mains tendues devant lui. Nous ne nous sommes pas arrêtés face à la devanture du photographe, il faisait trop mauvais.

Je n'étais plus habituée à dormir seule, j'avais comme une appréhension dans la gorge à être allongée là, isolée dans une résidence humide et mal chauffée, aux volets fermés. Je me sentais abandonnée. J'avais peur que l'éloignement subit d'Olivier ne soit que le début d'une séparation, et je savais que je ne pourrais pas le supporter, cette fois. Je m'étais blindée pendant des années contre toute velléité amoureuse, et maintenant que je m'étais laissée aller à lui, il m'était impossible de revenir en arrière. Plus que tout encore, j'avais peur que cela ne dure pas.

J'espère que cette fois tu ne te racontes pas d'histoires, c'est tout.

Les mots bourdonnaient dans ma tête et j'ai pensé à Olivier, ses fleurs de pupille tournaient dans mes méninges, voguaient dans mon cerveau, et passaient derrière des paupières que j'aurais voulu couper.

Pour les voir en vrai.

20

— Est-ce qu'elle vous a parlé de fraises?

— De fraises, non, pourquoi?

La fille d'Alice avait un air triste et mystérieux.

— Parce que... Parce qu'elle nous a dit qu'elle avait envoyé des fraises aux filles, et elle est revenue plusieurs fois là-dessus, au point qu'on s'est demandé si c'était vrai ou non...

— Mais elle n'est pas sortie de chez elle depuis au moins deux ans...

— Évidemment, ça ne pouvait pas être elle! Mais on s'est dit qu'elle vous avait peut-être demandé de le faire, par la poste.

— Non, tout ce que je sais c'est que l'autre jour, quand elle a eu une de vos filles au téléphone, elle lui a dit qu'elle en avait mangé, et votre fille s'en est étonnée parce qu'il était encore tôt dans la saison...

Je l'ai vue serrer les mâchoires. Ça les agaçait beaucoup que j'écoute leurs conversations téléphoniques.

— Oui, c'est ça, et après elle a dû se dire qu'elle lui en enverrait. Et elle a cru qu'elle l'avait fait. Dimanche, à table, elle a dit Tiens, j'ai envoyé des fraises aux filles, à Paris. On s'est regardés avec mon mari, on s'est dit qu'elle s'inventait une histoire, mais figurez-vous que quand elles ont appelé, la première chose qu'elle leur a demandée, c'est si elles avaient reçu les fraises ! Du coup, même nous on a commencé à en douter !

— Vous savez, l'après-midi dans son lit, elle est toute seule et elle rêvasse, alors elle doit croire qu'elle fait des courses, ou alors elle en rêve en dormant, et après elle y croit...

— En plus il y a une certaine logique dans son raisonnement, elle a paru surprise que les fraises ne soient pas arrivées alors qu'elle les avait postées depuis deux jours... Que voulez-vous lui dire, C'est impossible parce que tu ne sors plus de chez toi depuis deux ans ? Parce que tu ne sortiras plus jamais de chez toi, parce que tu ne fais plus rien toute seule ?

— Je suis comme vous, avant, je disais toujours qu'il fallait les maintenir dans la réalité, et puis dernièrement, je suis tellement fatiguée de leur expliquer tout ça... Comment leur dire... Hier, Anne-Louise, la dame qui a Alzheimer, voyait la mer de son jardin, et elle en était heureuse, parce qu'elle a toujours rêvé d'habiter au bord de la mer, un peu comme ici, voyez. Et bien je n'ai pas su quoi dire. Qu'est-ce que ça aurait changé, de toutes façons ?

Elle se serait mise en colère, c'est tout, puisqu'elle, elle la voyait, la mer, de sa fenêtre. Et au lieu d'être heureuse, elle aurait été en colère. Alors je n'ai rien dit...

J'espère que tu ne te racontes pas d'histoires, c'est tout.

Elle m'écoutait attentivement. Pour la première fois quelqu'un ressentait la même chose que moi sur mes vieillards. J'ai dit :

— Pourquoi on leur interdirait, à nos vieux, de vivre dans leur imaginaire ?

Elle m'a regardée d'un drôle d'air. J'ai repris :

— Moi je trouve qu'ils ont bien le droit de vivre dans leur monde. Est-ce qu'il est seulement moins réel que le nôtre...

Elle a eu un ton sec.

— Oui, enfin ça, Claire, c'est vieux comme le monde, ça n'est pas nouveau...

Elle ne me lâchait pas des yeux. Gênée, j'ai dit :

— Ce que je voulais dire, c'est qu'Alice a rêvé qu'elle a expédié des fraises, et si ça se trouve, si l'idée suit son chemin, elle va me demander d'en acheter et de les poster à vos filles, et alors ça sera finalement vrai. Ça n'aura été faux que quelques jours. Et peu importe. Non ?

— Si, si, vous avez sans doute raison...

— Mais certainement. Il y a les fraises dont elle a rêvé, les fraises qu'elle a mangées, les fraises qu'elle voulait envoyer et les fraises qu'elle enverra peut-être...

— Oui, c'est ça, et les fraises qu'elle mangera aussi. Vous êtes sûre que ça va, Claire ?

— Oui oui, ça va, je suis un peu fatiguée avec tout ça, mais ça va.

— Ah, ça oui, je suis épuisée, moi, à force de m'occuper d'elle.

— Et bien moi aussi, et moi en plus j'en ai trois autres, dont il faut que je m'occupe.

— Oui, enfin, moi, c'est ma mère...

— Préservons nos forces, c'est tout ce que je peux vous dire, et laissons-les se raconter des histoires, s'ils en ont envie.

Nous sommes retournées dans la cuisine, après cette parenthèse dans la grande salle à manger plongée dans la pénombre. Alice buvait son verre d'eau et mangeait ses petites galettes au beurre, ignorant – ou pas – que nous venions de parler d'elle en cachette. Sa fille continuait de me fixer, je n'arrivais pas à lui faire face.

— Bon ben maman, maintenant que Claire est là, je vais y aller, je te dis à demain...

— Oui, c'est ça, va, à demain...

Elle tendait la joue dans le vide, attendant qu'une bise vienne y atterrir – et ça ne manquait pas. J'ai fait un petit signe à la fille d'Alice au moment où elle fermait la porte de la cuisine. Elle avait l'air inquiet.

Comme elle passait dans le jardin, la lumière éblouissante s'est déclenchée. Je suis allée jusqu'à la porte d'entrée et je l'ai fermée à double tour. J'ai vu ma voiture blanche m'attendre patiemment sur le parking, comme une petite créature docile.

J'ai couché Alice, et je lui ai mis son JEU.

Je suis revenue dans la cuisine, et je me suis fait deux tartines, comme Alice, avec le reste de ses rillettes de maquereau. Alice et ses fraises. Comme quand la nuit agrandit les idées qui nous viennent en tête, au point de leur donner un air aigu de réalité, sous nos yeux écarquillés dans le noir de la chambre. Le noir enveloppant avait alors un pouvoir magique, il donnait vie aux envies. La nuit inventait. Alice la croyait. Peut-être était-ce une préfiguration de la mort, l'obscurité prenait de plus en plus d'importance et finissait par vous avaler tout entier.

J'ai hésité à prendre une nouvelle gélule.

J'ai mangé lentement, en ramassant chaque miette du bout de mon index poisseux, laissant l'empreinte de mon doigt un peu partout sur la surface lisse du formica. Le frigo faisait beaucoup de bruit.

Je suis sortie dans le couloir au moment où Alice éteignait la télévision. Je suis entrée dans sa chambre. Elle a dit :

— Tiens, tu n'es pas encore partie ?

Elle était contente que je sois encore là. Je l'ai embrassée pour lui dire bonne nuit, et puis j'ai éteint la lumière.

Dans le couloir, j'ai ôté mes mules de travail et je les ai rangées sous les manteaux d'Alice, dans l'entrée.

Je suis montée pieds nus jusqu'à la chambre bleue. Je me suis allongée sur le lit. J'étais épuisée. Olivier ne répondait pas au téléphone, je ne savais même pas où il était, et je ne me voyais pas passer une autre nuit seule chez moi à l'attendre. J'ai enlevé mes vêtements un à un, assise sur le lit face à la glace de la penderie, puis je me suis glissée nue entre les draps amidonnés du grand lit.

Pour la première fois, j'ai dormi toute une nuit dans la chambre bleue.

21

— Quelle est la date complète d'aujourd'hui ?
— En quelle année sommes-nous ?
— En quelle saison ?
— En quel mois ?
— Quel jour du mois ?
— Quel jour de la semaine ?
— Où nous trouvons-nous ?
— Dans quelle ville ?
— Dans quel département ?
— Dans quelle région ?

— Je crois que j'ai trouvé, Hugo.

J'étais juchée en haut du petit escabeau de sa bibliothèque. Il était à mes pieds. Je lui ai tendu le dossier transparent que j'avais extrait d'un classeur. Il l'a posé sur ses genoux, sans un commentaire, puis il a poussé son fauteuil roulant vers le bureau. Il a sorti les feuilles de la chemise qui les protégeait sans un regard au-dehors vers les gens qui commençaient à se promener sur le port. Nous étions déjà début mars.

Il a ouvert le tiroir de son bureau et saisi un papier buvard rose. Il l'a posé sur le bas de la feuille, pour lire les questions une par une. Je me suis rapprochée l'air de rien, il a mis son coude sur la feuille pour me la dissimuler.

Je suis sortie chercher de la cire et un chiffon.

— Je vais en profiter pour faire les étagères...

Pas un mot.

Il regardait le plafond en chuchotant, comme un écolier.

Il disait :

— *Quelle est la date complète d'aujourd'hui ?*... Bon. *En quelle année sommes-nous ?* Mille neuf cent... Mille neuf cent... quatre-vingt-treize ?

Dix ans d'écart. Incroyable.

Il s'est retourné vers moi. Il a vu que je l'observais. Il a dit, l'air détaché :

— Avez-vous le journal d'aujourd'hui, Claire ?

— Non, pourquoi ?

Il s'est renfrogné. Il a bougé son fauteuil d'avant en arrière.

— Qu'est-ce que vous faites, Hugo ?

Il n'a pas répondu. Il grommelait Morbihan, petite mer en breton, Bretagne, on est en Bretagne.

En répétant ce mot pour moi-même, j'ai vu les gens qui repeignaient les bateaux, les filles qui se racontaient leurs vies sur la digue, les vieux taciturnes à la terrasse du bar au bout du port.

Mille neuf cent quatre-vingt-treize. Comme si les dix

années qui venaient de s'écouler n'avaient pas compté – parce qu'Héléna n'était pas là ?

Il comptait, maintenant, en partant de cent et en ôtant sept, puis encore sept, encore sept... Je comptais avec lui, tout bas, en cirant les étagères, en déplaçant les livres. Il était un tout petit peu plus lent que moi. Il testait ses facultés. Ou est-ce qu'il apprenait les réponses en vue d'une visite médicale ?

Il continuait : soixante-dix-neuf, moins sept, soixante-douze, moins sept, soixante-cinq...

J'ai pensé à Olivier. Où pouvait-il bien être ? J'étais allée depuis l'aube planquer devant son immeuble, mais la fenêtre de son studio était restée désespérément éteinte. J'avais été jusqu'à forcer sa boîte aux lettres pour voir s'il était passé chez lui, et c'était le cas, il n'y avait que des prospectus, il avait relevé son courrier. J'étais allée aux Nouvelles, mais je n'avais pas osé rentrer. Je continuais à lui laisser des messages sur tous les tons, mais il ne me rappelait pas.

Il regardait la question suivante, appliqué. Il a dit :

— *Cigare, fleur, ballon.*

Il a levé les yeux au ciel et a répété un peu plus fort :

— Cigare, fleur, ballon.

— *Epelez le mot monde à l'envers...*

Je suis allée à la cuisine préparer le déjeuner d'Hugo. Tout en rinçant feuille à feuille ces foutus épinards pleins de cailloux, je m'y mettais moi aussi.

E, D, M... Difficile de faire deux choses en même temps. Hugo semblait y arriver.

— E, D... N... O... M.

Le sable s'écoulait dans l'évier.

E, D, N, O, M.

— Bon. *Vous rappelez-vous les trois objets, tout à l'heure.* Cigare... Fleur...

Cigare, fleur, ballon, facile, Hugo, accroche-toi, vieux fou, tu vas y arriver, quand même.

— Cigare... Fleur, ballon.

— *Répétez après moi : « pas de mais, de si, ni de et ».*

Quelle drôle de phrase, où allaient-ils chercher tout ça ? Pas de mais... Pas de mais, pas de si... et quoi ?

— Vous viendrez manger, Hugo ?

Il a mangé ses épinards sans mot dire. Sans maudire. Il avait l'air dévasté. Le test ne devait pas être très concluant. Ou alors trop. Il ne disait toujours rien.

Il a mangé deux ou trois cuillerées seulement, et il a repoussé son assiette. Je n'ai pas insisté. J'ai vidé les restes de légumes à la poubelle et j'ai fait la vaisselle en cognant les couverts contre l'évier en inox qui reflétait les couleurs de ma robe.

Il est sorti de la pièce.

J'ai fini de nettoyer la cuisine en sifflotant tout bas. Je n'entendais aucun bruit venant du salon. Il devait être à sa longue-vue.

Mais quand je suis sortie de la cuisine, il n'était pas là.

Je l'ai trouvé dans sa chambre, sa chaise roulante dos à la porte, contre le bas du lit, penché.

— Hugo ?

Il n'a pas répondu. Je me suis rapprochée. A gauche du lit, tous les cadres en verre étaient vides.

— Hugo, qu'est-ce que vous avez fait ?

Les papillons étaient mélangés en un tas sale et multicolore sur l'édredon blanc. Les ailes, enchevêtrées, étaient décolorées par endroits. Les insectes tachaient le couvre-lit d'une poussière semblable à de la vase de pigments. J'ai tenté d'en sauver un mais il était trop tard. Ce n'était plus qu'un magma de bouts d'insectes.

— Hugo, vous êtes devenu fou...

Il en avait plein les doigts.

22

Pendant des jours et des jours, j'ai appelé Olivier sur son téléphone portable et j'ai entendu le message enregistré mille fois.

Au moins j'entendais sa voix.

Je roulais en voiture dans la ville le soir, au ralenti, au cas où je le verrais dans un bar, où je trouverais sa voiture quelque part.

Le soir, je garais la mienne à la plage et je rentrais à pied chez Alice. Je passais devant sa porte de chambre, la plupart du temps elle parlait toute seule, d'autres fois elle écoutait un film à la télévision.

Et puis je montais dormir dans la chambre bleue. Tant que je ne l'ai pas retrouvé, je me suis dit, je dors là. C'était comme une espèce de superstition.

Je continuais à faire mon travail et à avaler les petites pilules d'Hugo.

Mais après deux semaines, je n'en pouvais plus.

Je ne pouvais plus supporter tout toute seule.

J'ai décidé d'aller le voir au journal. Je me suis garée sur la place principale, là où le cinéma auquel j'allais petite était devenu un Mégastore, et j'ai attendu, je n'osais pas trop me présenter, et puis me présenter comme quoi ?

J'ai fini par oser. Je suis allée jusqu'aux hôtesses d'accueil, toutes proprettes en uniforme jaune derrière leur comptoir à l'entrée, et j'ai demandé Olivier Jammes. La jeune fille souriante m'a fait répéter. J'ai répété, moins sûre de moi, Olivier Jammes, j'ai dit, il travaille ici, il est journaliste. La jeune fille souriante s'est adressée à l'autre jeune fille souriante, qui a dit qu'elle ne voyait pas. Il ne travaillait pas ici.

J'allais m'en aller sans y rien comprendre, S'il ne travaille pas ici, il travaille où alors, et puis un homme à moustache et aux bras ballants s'est approché, et l'hôtesse a dit monsieur Machin vous savez si monsieur...

— Olivier Jammes, j'ai dit...

— ...Si monsieur Olivier Jammes travaille ici ?

Le moustachu a réfléchi et il a dit :

— Ah, non, il ne travaille pas ici, ce ne serait pas un de nos correspondants des fois ?

— Un correspondant, j'ai bredouillé, non, il travaille ici, en France, j'ai dit,

alors le moustachu a rigolé,

— non, pas correspondant à l'étranger, correspondant local, ce ne serait pas un des pigistes, des fois ?

— Je ne sais pas mais je ne voudrais vraiment pas vous déranger,

je vacillais, je ne savais plus, lui aussi m'avait menti alors, alors, pourquoi il m'avait reproché de lui avoir menti et pourquoi m'avait-il menti, je me demandais

— mais venez mademoiselle, nous allons aller voir,

et là j'avais peur qu'on me dise Il n'existe pas, Olivier Jammes n'existe pas et vous ne le verrez plus jamais parce qu'il n'existe que dans votre imagination tout ça c'est de la fiction mademoiselle et ma tête a tourné mes jambes se dérobaient

j'espère que cette fois tu ne te racontes pas d'histoires c'est tout

j'espère que cette fois tu ne te racontes pas des histoires

des histoires d'amour

est-ce que je m'étais inventé une histoire d'amour ?

Le moustachu m'a conduite dans un bureau paysager où des tas de gens s'agitaient en tous sens et il a demandé à une femme si elle connaissait...

— Olivier Jammes, j'ai dit,

mais j'avais peur à force de répéter ces deux mots qu'ils n'aient plus aucun sens.

Et la femme rousse aux cheveux frisés tout autour de sa tête a dit :

— ah, oui, Olivier Jammes, je vois très bien, c'est notre correspondant pour C. et sa région. Vous voulez que je regarde où il est, madame, c'est pour un article, c'est ça ?

Elle est allée voir un fichier en métal accroché au mur où des dizaines de fiches étaient rangées en fonction des villages de la région, et elle a dit :

— alors, le 8... Je crois qu'il est au haras, mademoiselle. Oui, au haras de C. Vous savez au mois de mars on fait toujours le haras. Ça donne des idées d'excursions aux gens, pour les week-ends.

J'ai filé sur la voie express en direction du port de C., à cent cinquante kilomètres de là, le dernier rempart avant l'Atlantique, juste en face de l'Amérique, disait mon père.

Un petit port du bout de la terre, aux maisons alignées les unes contre les autres, de formes identiques mais de toutes les couleurs, serrées autour de la conserverie comme les sardines qu'on y mettait en boîte.

Olivier m'avait menti.

Je m'étais peut-être menti à moi-même aussi.

J'avais vécu toute ma vie comme un poisson, dans un univers bleu marine, sans jamais me demander si un autre monde existait, et tout à coup je sortais la tête hors de l'eau, je découvrais tout autre chose, mais pour tout dire, je manquais d'air.

Olivier était au haras. Il interviewait le maréchal-ferrant. Il était journaliste quand même. Il a eu l'air surpris de me voir, j'ai pensé qu'il n'était pas mécontent, il m'a embrassée sur la bouche. Vite.

— Qu'est-ce que tu fais là ?

— Je suis venue te chercher. Je n'en peux plus, je ne peux pas rester dans ce silence, là... Tu me manques...

— Je finis, et je viens avec toi. Tu m'attends ?

J'ai attendu près d'un tas de paille et de crottin, en regardant l'homme découper la corne et la calciner pour l'égaliser, ça dégageait de la fumée et ça sentait la peau brûlée. La pierre à sel à côté du cheval portait les marques de son impatience. Je me suis aperçue que je venais d'émietter un peu de terre entre mes doigts sans m'en apercevoir. Mes ongles étaient marron. J'ai frotté mes doigts les uns contre les autres en formant de minuscules rouleaux de crasse.

En face, dans le terrain détrempé où broutaient les juments, trois poulains presque adultes ont piqué un galop, courant tout autour du champ en lançant des ruades, la queue haute, grisés de liberté.

Olivier est venu avec moi, dans ma voiture, il m'a dit que la sienne était restée à L., je n'ai pas posé de question, je le ramenais, avec moi, dans ma voiture, dont il ne pouvait plus partir.

Nous avons déboulé sur l'autoroute à toute vitesse. La pluie sur le pare-brise faisait comme des applaudissements.

Je ne parlais pas, concentrée sur la route glissante, d'où je détournais parfois le regard pour le boire des yeux, je voulais m'en remplir tout entière, j'étais comme ces citrons siciliens que l'on assoiffe, puis que l'on inonde d'un coup, et qui grandissent en une journée, ivres de soleil et d'eau. Il parvenait sans même s'en apercevoir à me changer. J'avais besoin de lui pour avoir moins peur. Je n'avais plus besoin de rien d'autre. Je me sentais libre comme jamais. J'avais l'éternité devant moi.

Je t'ai rencontré simplement

J'ai chantonné.

Il m'a regardée d'un drôle d'air.

J'ai arrêté.

Tu seras toujours mon amant, je disais dans ma tête, mais il ne parlait pas.

Il n'avait pourtant plus l'air en colère. J'avais paniqué, peut-être sans aucune raison. Il avait gardé le silence le temps que sa colère passe. Je finissais par me dire que j'avais mal interprété son coup de fil. J'avais dû exagérer. J'en venais à douter de ma santé mentale. Ou alors c'était lui, qui cherchait à me rendre folle ? Il y parvenait, sans aucun doute.

Je ne lui ai pas dit que j'étais passée aux Nouvelles de l'Ouest et que je m'étais aperçue qu'il avait enjolivé la réalité. Je lui ai dit que j'avais téléphoné et qu'on m'avait tout de suite dit qu'il était au haras. Il a paru se satisfaire de cette version, il avait l'air fatigué, ou indifférent. Je lui ai raconté pour Gwenaël et Rose, mais il m'a juste répondu que je ne devrais pas prendre tout cela trop à cœur. Je savais que c'était pour me réconforter, mais il m'a semblé excessivement calme, presque égoïste.

— Ce travail est trop dur pour toi, il m'a dit, il faut que tu arrêtes de te surmener pour tes vieillards, tu ne peux pas te sentir responsable d'eux en permanence, ça te bouffe la vie.

Il disait cela en regardant la route, droit devant lui. Il voulait que je travaille de moins en moins, je le savais, il me l'avait souvent dit déjà. C'était sans doute pour m'avoir à lui. Jusque-là j'avais résisté. Mais j'étais prête à faire des efforts. Maintenant que je l'avais retrouvé.

— Tu n'en finiras jamais, après, ce sera Alice, et puis pourquoi pas l'Alzheimer, tant qu'à faire?

— Elle s'appelle Anne-Louise...

Une voiture nous a dépassés où, fugitivement, j'ai vu une fillette agenouillée sur la banquette arrière, qui cherchait apparemment des poux dans la tête de sa petite sœur, et cela m'a rappelé des souvenirs. Moi, assise en bas du canapé, une jambe sous les fesses, tête penchée, chantonnant, et Maman au-dessus de ma tête, passant mes cheveux au peigne fin sentant l'odeur âcre de la Marie-Rose. J'entendais d'ici l'éclatement sec des poux entre l'ongle du pouce et la chair de l'index.

Nos regards se sont croisés, la petite fille avait soudainement honte en voyant que j'avais deviné ce qu'elle faisait. J'ai souri malgré moi.

— Tu parles, elle-même ne se rappelle pas son prénom! Mais comment tu vas faire, s'ils meurent? Tu n'es pas de leur famille, tu comprends?

Olivier continuait à argumenter pour que je quitte mon travail. J'étais partagée entre le désir de lui plaire et les besoins de mes vieillards. Je n'avais plus d'envie à moi. Dans cette voiture qui allait si vite, j'avais toujours l'impression d'avoir été engloutie par un monstre.

— Allez, Olivier... Arrête... J'ai vu dans ton jeu, tout ce que tu veux, c'est que j'arrête de travailler, c'est ça ? Tu voudrais que je m'occupe de toi du matin au soir ?

Il m'a regardée comme si j'étais cinglée. Il a dit en soupirant :

— Claire, tu n'as vraiment rien compris. Je ne te dis ça que pour ton bien.

J'ai ri.

— Mais t'es complètement malade, hein ? Tu ne comprends pas, Claire ? Tu ne comprends pas, que je n'ai pas besoin qu'on s'occupe de moi ? Je m'occupe de moi tout seul ! Je suis grand, et pas encore vieux ! Je n'ai pas besoin de toi !

J'ai ravalé ma salive, je me souviens que j'ai jeté un coup d'œil à son visage et qu'il était tordu par la colère, j'en ai été stupéfaite, alors il a dit d'un ton plus calme :

— Je n'ai pas besoin de toi. Voilà. Je te l'ai dit, tu as bien compris. J'en ai assez, de toi. Tu es trop envahissante. Je ne veux plus te voir.

Soudain, à quelques dizaines de mètres devant nous, un camion s'est renversé, et ça a été un immense carambolage. Notre voiture a dérapé, Olivier a juré en se cramponnant à mon volant qui semblait tourner tout seul, j'ai hurlé, peur pour Olivier, mon Dieu non, faites que, j'ai vu la voiture devant nous rouler sur le toit, et en un éclair j'ai su que c'était celle de la famille qu'on avait dépassée quelques minutes auparavant. La tôle a crié un peu partout, le camion s'est mis en travers de la route et les voitures l'ont embouti les unes après les autres, comme à la fête foraine. Le pare-brise a volé en dizaines d'éclats de miroir. J'ai senti ma tête partir en arrière sous une immense poussée, j'ai pensé coup du lapin, je ne pouvais rien faire. Notre voiture venait d'être percutée par l'arrière et filait vers la rambarde de l'autoroute.

C'est ce qui nous a sauvés. Notre voiture a atterri à l'écart des autres et du camion, sur le côté, vers les champs. Elle était dégagée. Olivier m'a prise dans ses bras. Il était sonné mais il n'avait rien. J'avais le goût du sang dans la bouche. C'est là que j'ai pensé à regarder si j'étais blessée. J'avais quelques plaies superficielles sur les bras, ma chemise était toute tachée.

J'ai dit :

— Il faut prévenir la police.

Immédiatement il a dit :

— D'accord, mais ne donne pas mon nom.

Je n'ai pas relevé. Il m'a essuyé le visage avec sa chemise, il m'a embrassée, mais je me suis dégagée de ses mains pour aller téléphoner dehors. Il y avait de la fumée, et de la panique, partout. Je suis allée quelques mètres plus loin, et j'ai dit mon nom. Ils étaient déjà prévenus de toute façon.

Quand je suis revenue à la voiture, Olivier n'y était plus. Je suis allée vers les dizaines de voitures compressées pour aider aux secours. Cela faisait longtemps que je ne m'étais pas occupée de blessés, seulement de vieilles personnes. Mais les pompiers et le Samu m'ont demandé de rester à l'écart, comme les autres.

Sur la file d'en face, les voitures commençaient à ralentir pour voir le carnage.

J'avais dans la tête les visages des deux petites pouilleuses, et j'ai cherché du regard leur voiture.

Olivier a déboulé, trois jambons dans les bras. J'étais éberluée.

— Qu'est-ce que tu fais ?

— Dépêche-toi, viens avec moi, c'est un camion de charcuterie, y'en a partout sur la chaussée, mais les gens les ramassent, bientôt il n'y aura plus rien.

Il a ouvert le coffre de la voiture et les a déversés dedans.

Je l'ai suivi malgré moi, malgré tout, et j'ai vu derrière le camion couché à terre des groupes de gens qui ramassaient des jambons, des caisses de viande et de charcuterie éparpillés sur la route. Partout, de la charcuterie.

Un pompier essayait pendant ce temps de faire sortir le routier de sa cabine. Ça hurlait, pour secourir, pour récolter des cochonnailles. C'était une hallucination. Olivier, non. J'étais comme aux abois parmi tous ces chasseurs.

J'ai tangué vers Olivier au milieu de la ferraille et de la viande. J'en aurais pleuré.

— Olivier, viens ! Mais qu'est-ce que tu fais... Viens, on rentre...

Il a enfin levé les yeux sur moi.

— C'est rien, tu t'es juste coupée un peu... J'en ai pour cinq minutes.

— Olivier, ça ne va pas ou quoi ? Tu ne peux pas faire ça...

— Ça n'enlève rien à personne, non ?

— Olivier, viens... Arrête...

Il ne m'écoutait plus. En face, sur l'autre voie, les voitures s'étaient à présent arrêtées, et les hommes sortaient de l'embouteillage pour venir à leur tour grappiller des victuailles. Au milieu des gens, j'ai vu les petites pouilleuses ramasser des jambons comme on va aux champignons, et leur père les houspiller pour qu'elles en ramassent plus. C'était un cauchemar.

J'ai demandé de l'aide à un jeune couple qui proposait d'accompagner des blessés à l'hôpital. Je crois qu'Olivier m'a vue entrer dans leur voiture. Il n'a pas eu un geste dans ma direction.

23

Après deux jours chez Paul, j'ai appelé ma mère et je suis allée me réfugier chez elle pendant trois semaines. Maman me tournait autour en permanence pour satisfaire mes moindres besoins, Je t'ai acheté des bouchées à la reine, comme quand tu étais petite, je n'aimais plus ça depuis longtemps, je me demandais même si j'avais jamais aimé ça, Avec des p'tits raisins, tu te rappelles que tu disais des p'tits raisins. C'était la guerre en Irak, le président des Etats-Unis avait déclaré « the game is over » comme s'il était en train de jouer à un jeu vidéo, et la moitié du journal de treize heures était consacrée au sabotier du Jura et à un ours qui mettait la pagaille dans une vallée des Pyrénées, je regardais les vols-au-vent remplis de petits morceaux indéfinissables et j'avais la nausée, mais j'avais la nausée de tout. Assise à la table de la petite cuisine, je la regardais, ma mère qui avait vieilli elle aussi, ses grosses jambes enfoncées dans ses chaussons de feutre qui comprimaient ses varices, son grand chignon devenu gris, et ses yeux fatigués, sur lesquels les paupières tombaient comme des rideaux. J'étais fatiguée, et je la voyais floue, comme une photo trop colorée, trop exposée, prise trop rapidement. Le brouillard et la prudence faisaient les premiers titres, et ma mère disait Moi je ne conduis pas mais c'est pour les automobilistes, et la femme interviewée répondait Mais on s'habitue, on s'habitue à tout vous savez, tandis que je m'occupais des tâches subalternes, j'épluchais les oignons, descendais les poubelles. Nous mangions ensemble à chaque repas, dans la petite cuisine, en regardant la télé à côté de la cuisinière, sauf le dimanche où nous mettions la table dans la salle à manger. Nous avions une vie de vieux, ou de convalescents.

J'ai retrouvé ma chambre d'enfant, je ne me rappelais plus qu'elle était si petite, et puis mon lit une place, les affiches colorées, Drugstore cowboy et Alain Bashung – *Vertige de l'amour*, quelques cahiers dans un carton défraîchi, Sciences naturelles – *laurier, thym, romarin* – et l'aquarium rond et vide, je ne savais plus s'ils venaient vraiment de moi, ou si c'était Maman qui les avait abandonnés là. Une valse à trois temps, l'enfance, l'âge adulte, la vieillesse, qui s'emmêlait les jambes juste avant la fin de la chanson. Je m'asseyais sur la moquette, le dos appuyé contre le flanc du lit, comme lorsqu'elle me cherchait des poux dans la tête, et je pensais à Olivier en mangeant des fraises qui coulaient sur mes doigts. Je voulais juste croire qu'il m'avait aimée, me dire que je ne m'étais pas laissé berner depuis le début, que nous étions vraiment amoureux, *tous les grains de beauté sur ton dos, on pourrait en faire une carte du ciel,* et maintenant que je ne le voyais plus, je m'apercevais à quel point j'étais attachée à ses yeux tournesols, à ses sourires en coin, à son pouce enfantin. Tom Pouce. Son image tournoyait autour de ma tête, parfois j'entendais Maman expliquer pour la centième fois ce qui m'était arrivé, Vous vous rendez compte, et moi qui y croyais, elle disait, et les voisins ne comprenaient pas, Mais comment est-ce possible, ils posaient autant de questions que l'animateur d'Alice, Top, Elle avait du caractère, pourtant, comment a-t-elle pu se faire avoir.

Me faire avoir, c'était exactement ça. Top. Il m'a eue, je me répétais, il m'a eue. Je m'étais perdue en lui. J'avais même fait l'erreur de lui donner le code de ma carte bleue en Italie. Je me suis laissé avoir parce que j'ai cru que j'avais le droit à une dernière chance, je marmonnais, J'aurais tellement voulu laisser une trace dans ce monde, ou sur toi.

Mais j'avais cédé à la peur de mourir dans l'oubli, à l'envie de devenir le souvenir de quelqu'un.

Olivier se rappelait-il des mêmes moments que moi ?

Top.

Aujourd'hui ma vie n'appartenait qu'à moi.

J'aurais tellement voulu savoir s'il m'avait aimée un peu ou si j'avais vécu dans un mensonge depuis un an

– et pourtant j'avais honte de penser encore à lui – *J'espère que cette fois tu ne te racontes pas des histoires,* tu parles. L'amour lui-même était une fiction, ou la vie, on ne cessait de se raconter des histoires. Seule la mort ne pouvait être une fiction, et il y avait un moyen très simple de s'en apercevoir.

J'ai récupéré ma voiture, pour essayer de reprendre le travail. La carrosserie a été refaite après l'accident; seule la pendule intérieure ne marchait plus. Un des écrivains d'Alice : *elle dit l'heure exacte deux fois par jour, ainsi la vérité.*

L'accident. Peur pour Olivier, *mon Dieu non.* Et si, perdu. Derrière le camion couché à terre des groupes de gens ramassaient des jambons. Quel égoïste.

Stop.

Je suis retournée à mon appartement. La croisette était couverte de monde, je ne m'y sentais pas bien. Il y avait la queue devant l'embarcadère pour l'île, et un vendeur de souvenirs avait ouvert boutique, des nuages de printemps ont commencé à s'assembler en masse anthracite, mais le soleil parvenait à des percées lumineuses. Le contraste des rochers en devenait violent. La plage n'avait pas encore été nettoyée pour les estivants, et pourtant la présence d'un couple en ciré jaune, avec enfants sur les épaules, prouvait que les Parisiens étaient déjà là. Des algues brunes avaient été ramenées par les vagues comme des rouleaux de pellicule venus du fond des mers – avec quelles images impressionnées ?

On appelait ça les *laisses de mer. La lisse,* disait Alice, *donne-moi la lisse.* Alice, la seule qui me manquait vraiment.

Et Stromboli, qui avait fini par se calmer. On avait de nouveau le droit de grimper et de s'y perdre dans la nuit, ils l'avaient dit aux infos.

Mes yeux ont dû s'accommoder à la pénombre du couloir de l'immeuble. J'ai monté les trois étages de la résidence. La sirène du premier mercredi du mois a retenti. Il était midi. Et c'était le mois d'avril. Je suis allée directement à la cuisine et j'ai saisi un grand sac noir sous l'évier. J'y ai jeté tous mes effets personnels. Le sac n'était même pas rempli. J'ai trouvé une boîte de maquereaux à la moutarde, peut-être périmée, je l'ai lancée dans le sac, avec le reste. J'ai mis de côté les livres d'Alice que j'ai glissés les uns après les autres dans un carton, à côté de ma petite télé, en m'arrêtant parfois quelques secondes sur une quatrième de couverture, *Enfin, a murmuré Mayol,* ou sur une page au hasard,

Cet automne
quel afflux d'âge
oiseau parmi des nuages

Seul le papillon bleu m'a posé problème, je ne voulais pas le jeter, j'ai pensé le brûler. Des adolescents criaillaient au-dehors, les filles se faisaient poursuivre par les garçons, ils déambulaient sur le sable entre les algues, sans intérêt pour leurs destins ou celui du monde. Je me suis rapprochée de la baie vitrée, le papillon à la main, Hugo, comment allait-il à présent, Hugo et ses documentaires, *Seul de tous les mammifères, le petit humain naît prématuré.* Il mettait une vie à s'en remettre.

Cher Hugo, j'ai dit, ça vous plairait, ils ont mis une longue-vue à pièces sur la promenade.

Mais il n'y avait rien à voir sur cette foutue croisette, juste des rochers qu'on aurait pu prendre pour des pêcheurs à pied, et une voile gonflée par le vent.

Stop. J'arrête.

J'ai posé le papillon bleu sur le haut de la pile de livres, et je suis redescendue au parking avec mon carton. Je ne remettrais plus les pieds dans cet appartement.

Ensuite, je suis allée chez Alice. Il était trois heures, je savais qu'elle serait seule. Je ne l'avais pas revue depuis un mois.

— Que je suis heureuse de te revoir,

elle a répété, deux fois, dix fois,

— que je suis heureuse de te revoir, tu m'as manqué, ma petite Claire.

J'avais crié bien fort en entrant dans sa chambre, Alice c'est moi, c'est Claire, je suis revenue, j'avais peur qu'elle ne reconnaisse pas ma voix, ou qu'elle ait changé, à cet âge-là ça va vite, mais non, tout était comme avant, le lit et les édredons, les marques de l'oreiller sur ses joues tendres et douces, Clac une bise au vol, et elle était en forme, elle avait plein de choses à me raconter. Parfois les mots lui échappaient, alors elle disait *la chose*, et je comprenais tout, je retrouvais mes marques, sa voix si vive à son âge, ses yeux au plafond comme si c'était le ciel, un *ciel de lit*, on le disait bien. Je me suis assise sur le bord de son lit, j'ai pris sa main entre les miennes, comme d'habitude elle était glacée, comme vidée de son sang.

— Parce que ta remplaçante, là, Isabelle Le Hanff, merci, tu ne peux pas savoir comme je ne l'aime pas ! Ça, je le lui ai fait comprendre, elle a bien – pigé ! Elle parle pour ne rien dire, en permanence ! Elle me brusque tout le temps, et elle parle, elle parle, de son mari, de ses – choses, sa voiture, tout ! Tu parles d'un cadeau ! Alors un petit peu, je ne dis pas, mais la voir trois fois par jour, ça non ! Que je suis contente, Claire, que tu sois revenue !

Elle était juchée en haut de ses couettes comme la princesse au petit pois. La grosse Le Hanff avait dû juger qu'il faisait trop chaud pour qu'elle la borde pour sa sieste.

En lui vernissant les ongles, je lui ai raconté l'accident, les petites pouilleuses, la viande, tout. Elle a dit que c'était abominable, mais elle avait l'air plutôt ravi.

— Et Olivier, tu l'as revu depuis ?
— Non...

— Eh bien tu as bien fait. C'est tout ce que j'ai à dire. Oh, ma petite Claire, je suis contente que tu sois revenue !

Je l'ai levée, je lui ai beurré un petit pain au lait pour son goûter, et nous avons causé tout l'après-midi. Je l'écoutais parler des choses et des choses et ses souvenirs me rassuraient.

La grosse Le Hanff a failli s'étouffer en me découvrant dans la cuisine. Grosse dondon. J'ai ricané ouvertement. Je reprenais le travail, c'était décidé. Mon arrêt maladie se terminait le 23 avril, dans deux semaines. Et nul doute que mes clients me préféreraient à elle. Tant pis pour ses économies.

Elle m'a demandé tous les détails sur l'accident de voiture, bien sûr, tout ce qui saignait l'intéressait beaucoup. Je ne lui ai pas fait ce plaisir. A elle, je n'ai rien dit.

J'ai attendu dans ma voiture qu'elle finisse son service, sur le petit terre-plein devant le port de plaisance. La Villa Margaret me narguait de ses nouveaux visiteurs en couple.

Lumière grise et jaune, bateaux comme des chiens enragés, et son doigt tordu vers le ciel.

Quand j'étais petite, on habitait près du port, Et toi, tu as des passions ?

J'aurais dû m'en douter.

Tu es trop envahissante.

La grosse Le Hanff est sortie de la maison d'Alice à sept heures pile, même si ma pendule disait toujours cinq heures.

Alors seulement je suis revenue.

Alice était déjà couchée. J'ai vérifié qu'elle écoutait bien son jeu et ne pouvait pas m'entendre.

Place au JEU !

Je suis redescendue chercher le carton de livres. Il pesait sur le creux de mon coude quand j'ai monté l'escalier qui m'amenait au petit grenier.

J'ai remis chacun des livres à sa place. Je m'en souvenais bien. Chaque livre me ramenait à un moment passé avec elle, à mes lectures dans le petit fauteuil crapaud.

Un d'entre eux est tombé, la photo du Stromboli s'est envolée par terre. Je ne l'ai pas trop regardée en la plaçant avec le papillon sur les étagères.

J'ai été chercher le sac-poubelle à la voiture, et je suis remontée dans la chambre bleue.

Dans les armoires et les tiroirs, j'ai rangé mes robes et mes collants à côté des foulards et des colliers de pacotille d'Alice. Plus rien n'était vraiment à moi, je me fondais dans le décor, la moquette et les tissus bleus, les rideaux satinés, la courtepointe et le lit où je dormirais seule, et c'était apaisant. Je vivrais ici, au milieu des souvenirs des autres et sans rien à moi – ou presque. Je n'existerais plus vraiment. Le temps n'aurait plus prise, il passerait sans me faire de mal.

Je me suis installée dans mon fauteuil bleu, j'ai ramené mes jambes sous mes fesses, j'ai mangé les maquereaux à même la boîte, avec un peu de pain que j'avais volé à la cuisine, et puis j'ai attendu que le temps passe dans mon antichambre des beaux souvenirs.

J'ai repris mon service auprès de mes vieillards, et le soir, je faisais semblant de partir de chez Alice mais je revenais à la nuit tombée dormir dans la chambre en faisant bien attention que personne ne me voie.

Anne-Louise allait beaucoup moins bien, on devait la nourrir à la cuiller, et elle ne se levait presque plus. Son pardessus suspendu au portemanteau de la chambre était gris de poussière. Peaux mortes, à quatre-vingt pour cent. J'ai tapoté l'épaule du manteau, la poussière est tombée, Anne-Louise a ri. Elle était libérée des scrupules sur les mauvaises actions de sa vie, et elle ne posait plus de questions, sauf Qui êtes-vous, A qui ai-je l'honneur, médème, ou quelquefois elle bredouillait des phrases inintelligibles – elle me regardait en répétant « même pas en pantalon » jusqu'à ce que je la fasse manger. J'ai continué à lui lire les faits divers par habitude, et puis par plaisir, j'y avais pris goût moi aussi. *Une femme obèse tue son mari en s'asseyant dessus.* Anne-Louise dormait de plus en plus, au milieu de ses herbes aromatiques ou dans son lit en bois de chêne.

Elle ne voulait plus qu'on l'habille, elle voulait rester en chemise de nuit, et quand elle se levait elle voulait sa blouse par-dessus. Avec des petites fleurs plus vives que celles de la chemise.

Hugo avait commencé à perdre à son tour le sens des réalités. Il ne parlait plus beaucoup. Il continuait juste à regarder les documentaires animaliers, et puis la vue de sa véranda. J'avais décidé qu'il valait mieux qu'il vive moins vieux en mangeant ce qu'il aimait, et je lui donnais maintenant du saucisson, il adorait ça, je le lui donnais juste après l'avoir installé dans l'appareil de torture, pour qu'il supporte mieux tout ça. Lui aussi se réjouissait que je remplace Isabelle Le Hanff, du coup il se retenait de râler, je le voyais bien. Je voyais aussi son regard s'éclairer au moment où je le rasais. La grosse Le Hanff devait oublier le Petrol Hahn une fois sur deux.

Gwenaël était guéri, et il avait rejoint Rose au Petit Phare. Il avait fallu que je fasse des démarches pour qu'ils puissent loger dans la même chambre, parce que les chambres doubles devaient être occupées par des personnes du même sexe. Les Le Hanff locales avaient fini par comprendre qu'elles auraient beau les séparer, elles retrouveraient toujours Rose avec Gwenn, et Gwenn avec Rose. Ils partageaient maintenant la même chambre, comme lorsqu'ils étaient enfants et qu'ils étaient onze dans la maison qu'ils avaient habitée toute leur vie. Ils étaient très heureux. Rose avait le regard infini. Ils commençaient tous deux à dériver dans la démence. Je ne les écoutais plus, je pensais pour eux. Ma seule angoisse était toujours qu'un des deux parte avant l'autre. Je pensais que c'était inévitable. Quelquefois je ne pouvais pas dormir dans ma chambre toute bleue.

Alice était celle qui vivait le plus dans le monde réel, à part quelquefois où elle se croyait à l'hôtel. Mais comme elle ne voyait plus personne, et qu'elle ne voulait plus écouter la télévision à part pour ses jeux de culture et d'argent Top qui n'avaient rien à voir avec le monde, ce n'était pas très gênant. Top. Les *choses* envahissaient peu à peu ses phrases. La nuit quand elle parlait trop fort je descendais la rassurer, au matin elle ne s'en souvenait pas.

Mes vieillards vivaient dans un monde beaucoup plus virtuel que n'importe quel fou de jeux vidéo. Un monde qui était devenu mien.

24

Ce soir nous sommes le 15 août et il fait très chaud, je suis dans la petite chambre avec vue sur la mer et j'écoute les bruits du bal et des pétards, le tonnerre du feu d'artifice. Pziou. La belle verte. Alice ne verra rien de tout ça, Hugo doit observer de loin, amer dans sa véranda, tandis qu'Anne-Louise gémit sous la table de sa salle à manger, terrifiée.

Si elle était là, Rose pousserait des petits cris de joie effrayés, en se retournant vers Gwenn.

Le reste des gens, pendant ce temps, doit chercher un endroit pour danser et vider des bouteilles en piétinant les vestiges de la fête.

Ça va aller, Claire ?

Moi, je bois mon vin rouge dans mon fauteuil crapaud.

Est-ce qu'elle vous a parlé de fraises ?

Depuis le début du mois d'août, la chaleur s'est accentuée, bien plus que d'habitude, un énorme anticyclone s'étend au-dessus de l'Atlantique, se déplace d'ouest en est au-dessus de l'Europe, faisant s'envoler les normales saisonnières, et je ne sors quasiment plus, sauf pour aller travailler. Je me suis installé la télé dans ma chambre bleue. Le doigt du présentateur de la météo montre gauchement une carte qui donne l'illusion d'être derrière lui grâce à un trucage vidéo, et tente de donner une logique à cette vague de chaleur qui nous submerge tous. Les gens se traînent sous l'été brûlant et regardent plus que jamais ces cinq minutes de prédictions. *Tu crois vraiment qu'il est amoureux de toi cette fois ?* Comment prévoir. Le mot canicule est passé de leur dictionnaire des noms communs à celui des noms propres : désormais, elle sera comme une expérience commune, historique comme une guerre, comme une date à retenir. Ils vivent quelque chose d'extraordinaire, et n'en sont pas peu fiers, d'ailleurs ils ne parlent que de ça. Ils s'aperçoivent avec stupeur qu'ils sont soumis au soleil, et qu'ils ne peuvent pas tout maîtriser. *Et la photo du Stromboli ?*

Les gouvernants, se sentant plus puissants que les autres, sont partis en vacances, parce qu'on est au mois d'août, et qu'au mois d'août, c'est comme ça, tout le monde part en vacances, sauf moi. Moi, je m'occupe de mes vieillards en transpirant, et en priant pour ne pas retomber sur Olivier, par hasard, en priant parfois pour tomber sur lui, au contraire, la sueur coule sur mes lèvres et sur ma poitrine, et je prends les cachets d'Hugo que Michelard m'a désormais prescrits. Je me fous des astres, de la chaleur et de l'odeur de goudron chaud. Tant que j'avale mes petites gélules bleues et jaunes.

A qui ai-je l'honneur ?

Mes vieillards souffrent de cette touffeur. Anne-Louise, surtout, à qui je donne à boire quand j'y pense, puisqu'elle ne ressent plus ni le chaud ni le froid. Il faut avoir soif pour elle.

Avec ce temps, mes vieillards sont plus que jamais dépendants de moi. Je dirige leurs vies.

Si vous étiez ici, vous vous sentiriez à l'aise ?

Je supporte mieux l'absence d'Olivier. J'attends, je ne sais pas vraiment quoi. La chaleur est écrasante. Maudite. Collante. Mortelle. Eternelle. *Trop envahissante.* L'anticyclone est plus fort que tout. Le doigt du présentateur de la météo tremble. Il n'y a jamais eu une telle température d'été à Paris. La dorsale d'air très chaud est forte, me dit le présentateur d'un air affolé. La brume de chaleur efface les tournesols d'Olivier de ma mémoire.

Pourquoi tu m'as menti ?

Alice veut que je passe encore et encore le gant rêche et frais sur ses jambes. Pour une fois elle n'a pas froid. Elle est juste bien, dit-elle, juste bien alors que le reste du pays crève de chaud. Elle écoute les questions de l'Animateur qui continue à jouer. Je mets le gant au frigo, et je me le passe sur le visage en revenant vers la chambre.

Au Petit Phare, le personnel a vite été débordé, une femme poussait constamment de petits cris comme des grognements plaintifs, encore et encore, par habitude, ou peut-être pour se faire plaindre, tandis que les Isabelle Le Hanff couraient dans tous les sens, leurs blouses mouillées de sueur.

Vous vous croyez indispensable ?

Mais qu'est-ce que vous cherchez, à la fin ?

Tais-toi.

Rose et Gwenn n'avaient pas l'air gêné par toute cette agitation. Ils se regardaient et souriaient, ils se prenaient la main, ils étaient tranquilles.

Tu danses, toi, Claire ?

La chaleur me tape sur le système. Et toujours cette odeur de transpiration. Hugo ne s'en plaint plus, pourtant. Je crois qu'il a un peu peur de moi, maintenant.

Maintenant, maintenant, maintenant.

Ce jour-là, Rose avait une chemise de nuit aussi blanche que la chemise de son frère et leurs cheveux à tous les deux. Ils ne se lâchaient plus, et avançaient à petits pas côte à côte, nimbés de clarté. Ils étaient des anges. De vieux anges. Le monde, dehors, n'avait plus d'importance. Il y aurait toujours des routes et des voitures, des gens pressés qui téléphonent en marchant, des programmes de divertissement et des catastrophes climatiques. Ce monde – *E-D-N-O-M* – voulait les rayer de la carte, mais ils s'en moquaient, et Gwenn serrait un peu plus fort la main de sa sœur.

Pourquoi je ne me rappelle que l'été 63 en Italie ?

Moi je me rappellerai cet été, quarante ans plus tard.

L'ambiance était lourde, on commençait à dire à la télévision que les vieillards de notre pays ne résistaient pas bien à la chaleur, le seul à ne pas s'affoler était un ministre qui profitait de son intervention télévisée pour taper sur un de ses adversaires politiques, comme d'habitude.

Vous vous prenez pour qui ? Refermez ce placard immédiatement.

Gwenaël se desséchait sur place, il ne quittait plus son lit, et je voyais bien qu'il était en train de mourir. Il fermait les yeux d'épuisement à force de lutter pour vivre, ses bras étaient parfois pris de larges tremblements frénétiques, ses mains semblaient juste accrochées au bout de ses os. Sa main dans la mienne, une méduse. Son corps était recroquevillé en position fœtale dans un lit une place aux larges bords qui semblait trop grand pour lui. Un bébé. Je me souvenais de ce qu'il m'avait dit à l'hôpital. Moi non plus je ne souhaitais pas qu'il parte sans Rose. Les gélules bleues et jaunes m'aidaient à tenir, mais je ne pouvais pas les prévenir, dire à Rose qu'il n'en avait plus pour longtemps, j'appréhendais le moment où cela arriverait et où elle le réaliserait peut-être. J'avais peur d'arriver et d'être prise au dépourvu, de trouver Gwenn mort dans son lit.

Ce jour-là sur l'écran de leur télévision, ils ont montré des camions frigorifiques qui avaient été réquisitionnés pour transporter les corps, trop nombreux. Rose a éclaté d'un grand rire, qui m'a glacé les os. Gwenaël dormait. Sa bouche, un gouffre, une ombre.

J'ai mis un temps à me décider, mais je ne savais pas quoi faire d'autre.

Je l'ai prise par la main et je l'ai installée, assise, sur le lit de son frère, elle me regardait comme si on allait jouer à quelque chose, en attente, en confiance, et son lit, vide, dessinait son corps en creux. Il y avait sur son oreiller la même petite larme de salive qu'à la maison.

Je l'ai embrassée sur la joue, elle était tiède et immobile et déserte, j'ai ôté la taie blanche, je l'ai enfilée doucement par-dessus la tête de Rose, et j'ai serré le drap contre son visage, contre mon ventre en maintenant sa tête. Tendrement. Fermement.

Elle n'a même pas bougé.

Gwenaël avait les yeux fermés, c'était encore plus facile. Je l'ai étouffé dans l'oreiller de Rose, qui sentait son parfum. Celui des immortelles des dunes qui coiffaient ses armoires il n'y a pas si longtemps, et que je lui avais rapportées pour qu'elle soit un peu chez elle.

Ensuite, je suis allée prévenir la directrice. Elle m'a dit qu'il ne fallait pas pleurer, c'était une belle mort. Ils vivaient l'un pour l'autre, elle a dit, D'ailleurs notre envie de les aider se heurtait à leur relation fusionnelle. Et puis parce qu'elle ne trouvait plus de phrases apprises dans ses livres de psychologie, elle a ajouté C'est ce qui pouvait leur arriver de mieux, en me regardant dans les yeux.

Le soir même, la télévision en a fait un reportage, et ça a été dans les journaux. C'était leur belle histoire tragique, au milieu du scandale qui éclatait, des milliers de morts, des images d'entrepôts où ils entassaient les corps faute de mieux, une femme dont la voisine était morte disait Je n'ai pas pensé à aller la voir – tout simplement – elle était presque invisible, vous savez – et puis l'engrenage du travail – on n'a pas le temps de penser.

La mort de Gwenn et Rose devait leur sembler propre.

Des invisibles.

Des histoires et des traces.

Ils n'avaient pas le droit de dire Gwenn.

Leur maison reviendra à l'Etat. Leurs armoires seront données. Bazardées, les immortelles. D'eux, il ne restera rien.

Et tout ça sera oublié, comme le reste, comme les jeux télévisés, la météo, les variétés vite démodées, toutes ces émissions qui ne sont diffusées qu'une fois et qui partent aux oubliettes, vite datées, tout ce monde jetable comme un mouchoir qu'on balance une fois séchée la peine, comme les conversations, les souvenirs, les plaisirs.

Ce soir dans ma chambre bleue comme un imaginaire, perdue dans mes draps lourds de chaleur accumulée, au milieu de souvenirs qui sont à d'autres et ne me feront pas mal, je me sens soudain si vieille, à cause d'Olivier, de Rose et Gwenn que je ne verrai plus, et de la douleur, et de la vie que j'essaie d'oublier, de délaisser, d'ignorer. Parfois les dieux aussi doivent se sentir vieux.

La télévision effacera tout le reste – la résistance de la chair et du temps. L'éphémère. La peur de finir seule. La crainte de n'avoir été qu'un souffle.

La télévision ne dira pas que le temps passe plus vite pour les femmes que pour les hommes, ni que la mort ressemble à une fiction, elle ne parlera pas d'Olivier, ni d'Anne-Louise.

Qui êtes-vous ?

Elle réduira leur mort à la chaleur.

Elle les effacera encore plus vite.

Ou alors je recommencerai. Le nombre de fois qu'il faudra. Et je serai découverte, prise en flagrant délit peut-être, alors que le fauteuil d'Hugo roulera trop vite vers une falaise, ou qu'Anne-Louise vomira une poignée de médicaments avec ses petits pains au lait. La télévision en parlera, et Olivier sera interrogé, il dira qu'il m'a connue. Peut-être qu'il écrira sur moi. Il deviendra un vrai journaliste. Grâce à moi.

On parlera du geste d'inconscience d'une dame de compagnie débordée, du geste de folie d'une soignante qui ne peut pas soigner.

La télévision me réduira à cela.

Elle m'effacera moi aussi du monde des vivants.

Je serai comme le dernier point lumineux qui sursaute sur l'écran de télévision, avant le noir.

Cet ouvrage a été imprimé par

FIRMIN DIDOT

GROUPE CPI

Mesnil-sur-l'Estrée

pour le compte des Éditions Grasset
en septembre 2004

Imprimé en France
Première édition, dépôt légal : juin 2004
Nouveau tirage, dépôt légal : septembre 2004
N° d'édition : 13444 - N° d'impression : 69968
ISBN : 2-246-67061-6